KiNG novels
大石ねがい
negai ooishi
イラスト もねてぃ
奴隷から始まる成り上がり英雄伝説
～女剣士とメイドとエルフで最強ハーレム！～

日本からの転生者
マルク
幼なじみの奴隷剣士
ユリアナ

エルフの大弓使い
ヨランダ
拳銃使いの探索メイド
リュドミラ

（マルク、きっとびっくりするよね）
街中を下着無しで歩くなんて、変態のすることだ。
当然、ユリアナにだってそんな趣味はない。
これは下着がなかったから、仕方なくしていることなのだ。
（んっあぁ……なのに変な気分になっちゃう……）
羞恥に顔を染めながら、マルクへ目を向ける。
彼もこちらを向いたので口を開こうとしたとき、風が吹いた。
「きゃうっ！」

奴隷から始まる成り上がり英雄伝説

大石ねがい
イラスト：もねてぃ

KiNG novels

奴隷から始まる成り上がり英雄伝説

contents

第一章

奴隷生活

一話　自らを売る

幼いころの夢を見ていた。

そのころの農村はそれなりに裕福で、両親が畑仕事をしている間、森を駆け回っていた。

そんなとき自分の後ろには、ひとりの少女がついてきている。

その少女、ユリアナは一つ年下で、いつも一緒だった。


『ねえマルク、大きくなったら、一緒に探索者になろうね！』


彼女はことある毎にそう言っていた。《**剣士**》の職業を持つ少女にとって、探索者に憧れるのは自然なことだったのかもしれない。

マルクにも《**魔術師**》というレアな職業があったので、彼女にしてみれば、それはきっと現実的な提案だった。探索者は、この国では有力な仕事の一つだ。

古代の遺跡に潜り、その中から様々な物を発掘して持ち帰る。その発掘物にはロストテクノロジーも含まれ、一発当てれば大きいという夢に溢れた仕事だ。

もちろん危険はある。遺跡にはモンスターが住み着き、人間を襲うのだ。

普通の探索者ではなかなか難しい仕事である。だが、《**職業**》持ちと呼ばれる者は、特別だった。

たとえばこの《**剣士**》の少女は、剣を手にしている間、身体能力が上がって、通常では考えられない斬撃を放つことが可能となる。

《**魔術師**》は更にレアな職業だった。その名の通り、魔術を扱うことができる。反対に言えば、魔術師でない限り、この世界では魔術を扱うことはできない。

そういった《**職業**》の能力は、探索者になるにはもってこいなのだった。


『約束だからね！　ずっと一緒だよ！』


そう言ってユリアナは微笑んだ。

幼い彼女は、とても無邪気な笑みを浮かべていた。懐かしい夢だ。

どうしてこんな夢を見るのかをはっきりと自覚しながら、その光景が遠ざかっていくのを感じた。


青年、マルクは目を覚ました。住み慣れた自分の家だ。

マルクは異世界転生者だった。元は日本に生まれ、現代社会で育ち、サラリーマンになった。

入社直後から契約と違う連日の長時間残業。契約にはなかった仕事もガンガンに振られ、その分は休日出勤になる。

当然、残業代はまともに出ない。「今日こそは辞表を突きつけてやる！」と意気込むものの、なかなか実行には移せない日々が続き、結局辞表を出すこともなく、事故であっさりと死んでしまった。

そしてこの世界に転生し、十数年がたっていた。

《**魔術師**》というチート能力を持っていたものの、制約があるため、自由に力を使う訳にはいかない。それにいくら《**職業**》持ちといえど、子供だと舐められやすいのは変わらないのだ。

だから探索者というファンタジーっぽい仕事に憧れつつも、マルクは時期が来るまでおとなしく、この村で平和に暮らしていた。

《**魔術師**》に限らず《**職業**》全般には**制約**があり、それを破ると能力を失ってしまう。

《**職業**》持ち本人は、自分の能力と制約を自然と把握できるので、自らの才能に気づかなかったり、知らずに制約を破ってしまうということはない。

けれど、他人の《**職業**》や制約は分からない。

《**職業**》や制約について、ごく一部に、それを鑑定できる者が存在する。しかし、人数が少ない上に国が高待遇で抱え込むため、《**職業**》持ちとして国に仕えるのでなければ会う機会もない。

そのため、基本的には自己申告で、相手に能力を見せて納得させることになる。

誓約があるのも、やっかいだ。その内容は職業にかかわらず様々だが、マルクの場合「能力を使ったら……」という発動条件だったのも、あまり派手に魔法を使えない理由だった。

日常生活に支障がないのはいいが、そんな条件を考えると、あまり気軽に魔術は使えない。

「さて、いよいよか」

懐かしい夢で逃避させていた心を呼び戻す。

マルクは今日、この村を離れるのだ。それは輝かしい旅立ちなどではなかった。

けれどその割に、彼の顔には悲壮感がない。むしろ、ワクワクしているようにさえ見えた。

少女との約束を破って、ひとりでこの村を去る。そのことへの罪悪感はもちろんあるのだが、旅立ち自体には前向きだったマルクは、着替えて用意を終えると、家を出ようとする。

「マルク……」

父親がすまなそうな顔で彼を見ていた。親として止めたい。だが、村のことを考えると、そうすることはできなかった。天候不良で農作物がやられ、この村は危機的状況にある。

一年程度ならば蓄えでなんとかできたのだが、今年は三年目にして過去最大の凶作となってしまったのだ。村にはもう備蓄がない。周囲の村も似たような状況だった。

それを分かっているからこそ、奴隷商がこの辺りを回っているのだ。

それでも、ただの村人では、ひとりやふたりで村をどうにかすることはできない。よほどの美人ですら、身を売ってもその家を守るのが精一杯だろう。

だが、《職業》持ちは特別だった。マルクひとりが奴隷として売られることで、ぎりぎりとはいえ、この村全体が今年を乗り切ることができる。

「大丈夫だよ。別に、死ぬわけじゃない」

マルクはそう言って微笑んだ。そこには強がっている様子がない。

両親にもこの村にも、育ててもらった恩があった。困っている彼らを助ける手段がこれしかないのなら、それで構わない。マルクは心からそう思っていた。

自分ひとりなら、村を捨てて探索者になっても生きていける。けれど、初回の冒険で大きな当たりを引き当てでもしない限り、村の人々まで養うことはできないだろう。

大きな一発というロマンがあるとはいえ、探索者はそう簡単に大儲けできる仕事というわけではない。元々、探索者になろうとしていたマルクは、そういう現実も分かっている。

危険な分、普通の仕事よりは儲かるが、大半はその程度だ。一部に成功者がいるに過ぎない。

それにお人好しのきらいがある彼にとって、村を見捨てて自分だけが生き残るというのは考えられなかった。

（ちょっと予定とは違ったけど、まあ許容範囲だろう）

それに奴隷と言ったって、《職業》持ちの彼が乱暴に扱われることはまずない。奴隷として売られても、探索者をさせられることがほとんどだ。

利益は抜かれることになるが、餓えさせて殺すような、もったいないことはしない。適度な食事と最低限の寝床は確保される。探索に出るのに必要な体力は持たせておかないといけないのだ。考えれば、そう悪いものでもない。

奴隷であろうと自由であろうと、探索者なんて死ぬ時は死ぬ。どのみちここにいたら揃って死んでしまうのだ。マルクが奴隷になることは、村人全員が生き残る可能性をもつ唯一の道だった。

それに考え方によっては、最初から実績のあるパーティーに入れる、というメリットもある。

マルクひとりで、或いはユリアナとふたりで探索者を始めれば、最初は分からない事だらけだ。

誰かに騙されたり、先輩に舐められたりすることもあるかもしれない。

だが、これからマルクが奴隷として入るパーティーは、少なくとも《職業》持ちである彼を買えるくらいには利益を上げているパーティーなのだ。悪いことばかりでもない。

ただユリアナとの約束を破ってしまうことだけが、心残りといえば心残りだった。

「さ、新生活の始まりだ」

家を出たマルクは前向きな言葉を口にして、奴隷商のもとへと向かった。

既に話は付けていた。あとは最終確認として、マルクが本当に《魔術師》であることを見せ、奴隷の馬車に乗るだけだ。ローブに杖だけを持って、マルクは奴隷商の待つ広場へと向かう。

「君か、《**魔術師**》というのは」

「ええ」

「ふうん、それじゃ、魔術とやらを見せてもらおうか」

身代わりを寄越している可能性もある。そう思って、奴隷商はマルクに目を向けていた。

「それで、君の制約は？」

うっかり制約を破らせてしまえば、《**職業**》持ちとしての価値はなくなる。奴隷商からすれば、きっちりと押さえておかなければならないところだ。その当然の確認に、マルクは少し言いよどんだ。

そこに不審を感じたのか、奴隷商が警戒を露わにする。

「言えないのか？」

奴隷の刻印を施せば、主人に危害を加えることと逃げることはできなくなる。しかし、なんでも自由自在に言うことをきかせられるわけではない。

個々の命令については『離れられないのだから、言うことを聞いておいたほうが自分のため』という程度の強制力しか持たない。だから主人のほうも、奴隷に対して油断しきることはできないのだ。

奴隷商の強張った空気に、マルクは照れくさそうに頭をかいた。

「言えないわけじゃないんですけどね……」

実のところ、ちょっと人前で口にするのは、はばかられる内容だったりする。

そこで彼は声を落とし、こっそりと告げた。

「魔術の使用後、二十四時間以内に……その、異性と広義の性行為を行うこと、です」

「お、おう……」

その内容に、案の定、奴隷商は微妙な反応を寄越した。

性行為というと堅苦しいが、あけすけに言えば、二十四時間以内にエッチなイベントを起こさないとダメ、ということだ。広義の、というところがポイントで、挿入までする必要はない。

魔術とはあまり関係なさそうなところも、制約を口にし難い理由の一つだ。

マルクの前世の世界では、三十歳を超えて童貞だと魔法使いになれる、という伝説があったくらいなので、そういったイメージとは逆だった。

「まあ、なんだ……その点についてはとりあえず問題なさそうだな。今連れてる奴隷に、相手をできる者もいる」

「あ、えっと……はい」

魔術を見せるのは必須なので、そうなるとその後の行為も必須となる。会ったことのない相手といきなり、ということになって、マルクはドキドキしていた。

(奴隷も、悪くないかもしれない……)

男としての、健全で邪《よこしま》な考えを持ったマルクを、奴隷商は生暖かい目で見つめた。

「とにかく、魔術を見せてもらおうか」

「わかりました」

マルクは杖を掲げ、声を上げる。

「ファイア!」

その瞬間、彼の持つ杖から炎が噴き出し、奴隷商が思わず後ずさった。

「おお……確かに、これはすごい……」

マルクの杖をおっかなびっくり覗き込んだ奴隷商は、大きく頷いた。

「よし、じゃあ乗ってくれ。お前は特別だから、馬車も別だ。ああ、制約の相手だけそちらに移さないといけないのか。それじゃあ――」

「マルク！」

馬車に乗せられかけていたマルクを、少女の声が呼び止める。

「ユリアナ！」

黒髪のツインテールを揺らしながら、ユリアナがこちらへ駆けてくる。かなりの距離から全力疾走しているのだが、刀を腰に帯びている彼女は《**剣士**》補正のため、息も上がっていない。

奴隷商が驚いていると、彼女はすぐにその目の前にたどり着いた。

「わたしも買ってください！　値段はマルクの六割でいいです。その代わり、他の人に買われるときもセットにしてください！」

「ユリアナ！　それはダメだ！　君は村に残って……」

「マルクのお金だけじゃ、もし誰かが病気になったりしたら無理だもの。わたしの分もあれば、今年はちゃんと無事に越せるでしょ」

「そうかもしれないけど……」

ユリアナの言うことはもっともだった。しかし、マルク自身は前向きとはいえ奴隷は奴隷である。決して望ましい状態ではない。

「とにかく決めたの！　わたしはマルクについていくんだから」

突然のことに驚いたものの、ユリアナの《**職業**》を聞くと奴隷商は喜んで首を縦に振ったのだった。

二話　強引な幼馴染

マルクにとっては予想外の展開だったが、多少の賑やかさはありつつも、奴隷商とユリアナの交渉は比較的スムーズに進んだ。

ユリアナが譲らなかったのは一点、「マルクとセットで取引されること」だった。

普通ならふたりセット、それも男と女となると、買い手を探すのが難しくなる。男の奴隷と女の奴隷では用途が違い、当然必要となる状況も変わってくるからだ。

例えば性的な対象として奴隷を買う場合、男女を混ぜて買おうという人間はほぼいない。好みの問題もあるし、管理の問題もある。

力仕事や身の回りの世話など他の用途でも多かれ少なかれ同じで、ユリアナが提案したように値引きをしたところで、異性のペアは取り回しの悪さというリスクが大きくなってしまい、受け入れられないだろう。

しかし、マルクもユリアナも《**職業**》持ちだった。どのみち、探索者として重宝されるのだ。

その用途ならば、男か女かはあまり問われない。

それに、《**職業**》持ちであるユリアナ自身の値引きがあれば、利益をあげられると踏んだのだろう。

「よし、取引成立だ」

商人は満足そうに頷いた。

ふたりセットという扱いにくさはあるものの、《職業》持ちをふたりも手に入れることができた。

しかも、ユリアナのほうは安く手に入れられている。セットにするときの値引きを控えめにすれば、その分はそのまま奴隷商の利益となる。

思わぬ拾い物をした奴隷商は、大切な商品であるふたりに向き直った。

「馬車も同じで構わないな？　ああ、でも制約の相手も乗せるとなると、少し狭いかもしれないな」

奴隷商が少し悩む。元々、マルクひとりのつもりで用意した馬車だ。ふたりなら問題なく乗れるが、三人乗って、その内ふたりが寝そべったり動いたりするとなると窮屈になる。

「ユリアナを一般馬車に乗せるか。きっちり言い聞かせておけば問題はないだろう」

彼女も貴重な《職業》持ちで利益を生む「商品」だが、あくまでメインは《魔術師》であるマルクだ。

遠距離から攻撃できるため死亡率も低く、物理防御の高い相手にも対応しうる《魔術師》は探索者としての需要が高い。

「よし、ユリアナは悪いが普通の馬車に乗ってもらう。マルクの制約に対応する奴隷を連れてくるから――」

「ダメです！」

突然声を上げたユリアナが、奴隷商とマルクの間に立ちふさがる。

「マルクの制約はわたしが対応します。だから同じ馬車にしてください。他の人を制約のためにあてがうなんてダメです」

割り込みに驚いた奴隷商は、戸惑いながら尋ねる。

「でも、制約は――」

「広義の、ですから大丈夫です！」

ややや顔を赤くしながらも譲ろうとしないユリアナに困って、奴隷商はマルクに目を向ける。「それで大丈夫なのか？」と問うような視線に、マルクは苦笑しながら頷いた。

「これまでもそうでしたから、制約としては大丈夫ですよ」

マルクの苦笑いに、奴隷商は同情的な目を向けた。マルクとユリアナの関係が察せられたからだ。

「まあ、それで問題ないというのなら構わない。じゃあマルクとユリアナはそっちの馬車に乗ってくれ。馬車が出発したら、制約のほうをしっかり頼むぞ」

ふたりが馬車に乗り込むと、奴隷商の一行は出発する。

男の奴隷が乗っている馬車と、女の奴隷が乗っている馬車。そしてマルク達の小さな馬車だ。

周囲の村も凶作ということで、多くの人間が奴隷として売られていた。

馬車はゆっくりと動き出し、ふたりの故郷を離れていったのだった。


「じ、じゃあ、始めるわよ」

馬車が揺られはじめて村を離れると、ユリアナがマルクの側に寄る。元々さして広くない馬車だ。すぐに身体は触れ合うほど近くなり、彼女を意識せざるを得なくなる。

「ああ……」

マルクは小さく頷いた。幼いころは無邪気に「魔法を見せて」とねだり、その後のことも楽しげに取り組んでいた彼女だが、成長してその意味がわかるようになってくると、恥ずかしさから魔法をねだることも少なくなっていた。

それでも村のために必要があって魔法を使ったときは、必ずユリアナが制約の相手をしてくれた。

「まずは脱いでくれる？」

「いや……」

マルクは躊躇う。必要なこととはいえ、自分だけ異性の前で裸になるのは恥ずかしい。村で暮らす分にはさほど魔法を使わないこともあり、未だに慣れるほどの経験はなかった。

せめて相手も裸なら、まだ恥ずかしさも減ってくる。

そうはいっても、マルクに「そっちも裸になってくれ」と言えるような度胸はなかった。

「も、もう……脱がせてほしいの？　しょうがないなぁ、マルクは」

頬を染めてそう言いながら、ユリアナが手を伸ばしてくる。

下着ごとズボンを掴み、そのままずり下ろしていく。座っていたマルクは軽く腰を浮かせて協力した。すぐに下着ごと脱がされ、マルクの下半身は丸出しになった。

「う……」

互いに慣れず恥ずかしさを感じるのは、最後までしたことがないからかもしれない。

あくまで制約のための行為だ、ということがふたりを一部大胆にし、同時にブレーキを踏ませることにもなっていた。

触れることはあっても、最後まではしてない。それがかえって想像を掻き立てて、より恥ずかしさを感じさせるのだ。

ユリアナの手が、恐る恐るマルクの肉竿を掴む。まだ柔らかなそれを、少女の指が優しく握った。

細い指を感じながら、マルクは目の前にあるおっぱいに手を伸ばす。

どこか幼さを残している顔とは違い、そこはもう立派な大人であることを主張していた。

下から支えるように手を動かすと、服越しでもその柔らかさがはっきりと伝わってくる。

深く開いた襟ぐりから、柔肉が押し出されてアピールされる。

その誘惑に耐えられず、マルクは襟ぐりから手を差し込んで、直接その胸に触れた。

「んっ、うっ……」

ユリアナは小さく、甘い声を上げた。

マルクは興奮し、彼女の手の中の肉竿がどんどんと膨らんでいく。

硬さを増してきた肉竿を、ユリアナはゆっくりとしごきはじめた。

「しゅっ、しゅっ……おっきくなったね」

ユリアナが肉竿から顔を上げ、マルクを見る。

手を差し込まれて胸を揉まれていることで彼女の服ははだけてしまい、もうおっぱいは、完全に露出していた。

魅惑的な双丘を両手で揉みしだいていたマルクは、その頂点で膨らんだ乳首を軽くつまむ。

「あんっ！」

声を上げながら、ユリアナがビクッと体をこわばらせる。

「うあ……」

手にも力が入り、彼女の細い指がカリ首のところをキュッと締めた。

その刺激に、マルクも思わず声を上げてしまう。

「もうっ……そこをいじるのは、やんっ！」

左右の乳首を摘み、コリコリと指を動かしていく。

「あっ！　乳首クリクリするのダメッ……！　んあっ！」

ユリアナの息が荒くなり、小さく体をくねらせる。

彼女の言葉とは裏腹に、乳首は更に突き出されてマルクの指に押し付けられる。

マルクはおっぱい全体を揉み回しながら、時折その乳首を責め立てた。

「あぅっ！　そんなにおっぱいいじられてたら、おちんちん、ちゃんとしこしこできな、あんっ！」

「うぐっ」

ユリアナが身体を震わせると、その刺激はマルクにも伝わる。

「その分、胸の感触や見た目で興奮してるから大丈夫だ」

マルクが胸への愛撫を激しくすると、快感に悶えるユリアナの手は拙《つたな》くなってしまう。

けれど、おっぱいを揉みしだきながら、感じている美少女の姿を見せられれば興奮しないはずがない。ユリアナが快楽に蕩けさせる表情と、柔らかな胸の手触り、指の隙間から溢れる乳肉のエロさは並の愛撫よりも刺激的なくらいだ。

「んっ……本当だ。マルクのここから、先走りが出てきてるね」

彼女の指摘通り、マルクの先端からはもう我慢汁が溢れ出していた。その粘液を、少女の指が塗り広げていく。ニチャニチャと卑猥な音を立てながら、肉竿の先端を中心に、ユリアナの手が我慢汁を塗りたくっていった。

「じゃあ、もう少し速くするね」

滑りがよくなったことで、ユリアナは肉竿を握り直して手を速めた。

強くなった刺激に、マルクの我慢汁がどんどんと溢れてくる。

その気持ちよさで、今度は反対に、マルクが上手くおっぱいを揉めなくなっていた。

ユリアナの愛撫に身を任せていく。

「んっ……硬くて熱くて、ぬるぬるで……マルクのここ、すっごいエッチなことになってるよ……」

興奮しながらユリアナが言った。彼女は手を動かしながら、花の蜜に釣られる蝶のように少しずつ顔を肉竿に近づけていく。

「んっ……！」

ある程度村を離れて路面が悪くなったのか、馬車が揺れ始める。

馬車の揺れに合わせて、肉竿を握るユリアナの手も不規則な動きをするようになった。

それが思わぬ刺激となって、マルクの肉竿に痺れが走る。

「あぐっ……そろそろ出そうだ……」

「いいよ。たくさん出してねっ」

ユリアナは更に激しく肉竿をしごきながら、もう片方の手で亀頭をいじり始める。

敏感な先っぽをこすられて、マルクの精液が駆け上ってくる。

その時、一際大きく馬車が揺れた。

突然の揺れにユリアナが力み、強く握りこんだまま肉竿を擦り上げる。

ビュルッ！　ドク、ビュルルルルルッ！

予想外の刺激に、マルクは耐えきれずに射精した。

「ひゃうっ、あっ、すごい出てる、あうっ！」

近づいていたユリアナの顔に、勢いよくザーメンが噴出された。

白いドロドロが彼女の顔を汚し、糸を引きながらこぼれ落ちる。

「熱い……それに濃くて、ネバネバしてる……」

受けたザーメンをそのままに、ユリアナがうっとりと呟いた。一部の粘度の高い精液は、いつまでも彼女の顔に貼り付いている。

「ご、ごめんっ！」

幼馴染へのぶっかけで気持ちよく射精を終えたマルクは、正気に戻って彼女に謝った。

「ん、大丈夫だよ。マルクのだもん」

そう言いながら、彼女は手で精液を拭った。

そしてそのまま、指についた精液をしげしげと観察している。

「あ、あまり見ないでくれる……？」

今さらなのになんだか恥ずかしくなって、マルクはそう口にした。

それに顔にザーメンを浴びたまま、手についたそれを眺めているユリアナはとても淫靡な感じがして、出したばかりの肉竿が再び勃起しそうだったのだ。

マルクはなんとか腰を引いてごまかしながら、布で素早くユリアナの顔を拭った。

「あっ……ありがと」

どこか残念そうな声を出したユリアナは、慌ててお礼の言葉を続ける。

これはあくまで、制約を破らないために、必要な行為なのだ。

お互い自分にそう言い聞かせながら、ふたりは馬車に揺られていた。

三話　遺跡探索

「クソッ、どうなってるんだこれは！」

石造りの遺跡内に、野太い男の声が響く。

その声を後ろに聞きながら、マルクとユリアナは遺跡内を慎重に進んでいく。

ふたりの更に前には、あとふたりの奴隷がいた。どちらとも怯えと警戒を全身から溢れさせてる。

無理もない。

最初はもうひとりいたのに、この遺跡に入った途端死んだのだ。

次は自分かもしれない。だが、そうなるわけにはいかない。

彼らは生き残るために、すべての力を注ぎこんでいた。

「今回の遺跡は、かなり手強いみたいだな……」

正直、手を引くべきだ。

そんな気持ちをにじませながら、マルクは隣のユリアナに小さく声をかけた。

「うん。厳しいいね」

そんなユリアナの声を呑み込むように、野太い男の声が響く。

「失ったヤツの分まで、オレ達は稼がなきゃならない！　慎重に、だが臆せず進め！」

マルクよりも更に後ろ、安全な位置から飛んでくる声に、先頭の奴隷が背中で嘆きを表現する。今、最も危険なのは先頭の彼なのだ。

マルクとユリアナが奴隷になってから、数年が経っていた。

先程の野太い声の男、グリコフに買われたマルク達は、《職業》持ちとして、探索者である彼らのメンバーとして迎え入れられた。

当然、奴隷ということもあって分け前はないに等しい。食事と寝床はそれなりのものを提供されているから生活はできるが、いつ遺跡に行くかはグリコフ次第。もっともそれについては、責任者が同じ場所で同じように働いている分、前世で働いていたブラック企業よりはマシだと言えた。

実際、今日まではそれなりに上手くやってきていたのだ。

《職業》持ちであるふたりは能力も高く、多くのモンスターと対等以上に渡り合うことができる。

グリコフとしても大金を使っているのだし、扱いも他の奴隷達よりよかった。

その扱いを損なわないため、結果もきっちりと出していく。

仲良しというわけにはいかないが、奴隷と主人なりの信頼関係は築けていた。

パーティーはグリコフとその弟分ふたり、そしてマルク達を含んだ奴隷六人の計九人だった。

多少の変動はある。探索者という仕事柄、死ぬことも当然あるからだ。

だが、今日は勝手が違う。

まだ遺跡に踏み入って数歩という、何の成果も得られていない段階でひとりが突然上から降ってきたモンスターに襲われて死んだのだ。警戒が前方の分かれ道に向いているなかでの、完全な不意打ちだった。

しかも、その犠牲者は奴隷六人の中で最も経験のあったシーフだった。

《職業》の《シーフ》ではないため、あくまで素の力しか持たなかったが、それでも相応の場数をこなし、実力のある男だった。この辺りの探索者全体で見ても、決して対応力の低いほうではない。

そんな彼でも、死ぬときはあっさりと死ぬ。

今、先頭にいる少年は、その男に師事していたサブのシーフだ。まだ、見習いを抜けた程度。

最低限のことはこなせるが、師とは比ぶるべくもない。

それに目の前で、頼りにしていた師が死んでいるのだ。精神状態も良くない。

引くべきだ、とマルクは思う。おそらく、グリコフも分かっているだろう。

同じメンバーで行くにせよ、一度立て直したほうがいい。シーフがまともに機能しないようでは、遺跡の探索は不可能だ。

しかし、立て直す間に他の探索者に、この遺跡が荒らされてしまうかもしれない。

どんな発掘品が眠っているのかも分からないのだ。もしそれが、探索者なら誰もが求める一攫千金のお宝だったとしたら……。

そう考えてしまう以上、グリコフは引けないだろう。下手にマルクが声をかければ、かえって意地になってしまう。

ここはおとなしくして、彼自身が撤退を認めるまで待つべきだ。

「大丈夫だ。発掘品さえ手に入れば……」

グリコフの低い唸りを聞きながら、一行は遺跡を進んでいった。

「お頭！」

なんとか無事に数部屋を抜けたところで、先頭のシーフが声を上げる。そして手にポンプアクシヨン式のショットガンを持って戻ってきた。

「おお！　銃じゃねえか！　悪くない。初《しょ》っ端《ぱな》でこれってことは、この遺跡、やっぱり結構いいかもしれねえな」

グリコフが満足気に頷く。

この世界の文化や技術では、このレベルの銃を作り出すことはできない。遺跡からの発掘品として、時折出てくるくらいだ。

珍しい分、それなりの値はつく。ただし、弾丸を作る技術力がないため、銃を扱えるのは弾丸を生み出せる《**銃使い**》の人間だけだ。

グリコフのパーティーにとっては、このままではただの、変わった換金アイテムである。

グリコフは弟分にショットガンを預ける。荷物持ちという一見下っ端のようだが、お宝を預かる彼が、グリコフの次に決定権を持っている。

「よくやったな！　この調子で頑張れよ」

「はいっ！」

機嫌のいいグリコフに褒められて、少年はやる気を出す。普段きつく当たられている分、こうして褒められると特にやる気を出してしまうのだ。

（まずいな……）

マルクは密かに警戒を強めた。

銃を手に入れたことと、シーフの少年が精神を持ち直したことで、グリコフは完全に強気になってしまった。

依然、この遺跡が厳しいことに変わりはないのだ。なのにパーティーの空気だけは、途端に余裕が浮かび上がっている。

（とはいえ、俺に発言権はない。できる限り頑張るだけだ）

マルクは隣にいるユリアナを見る。そして、彼女だけはなんとしても守ろうと決意を新たにした。


更に遺跡を進んでいく。

固く大きな扉を前に、シーフの少年が苦戦していた。

「よし、開きまし――うわぁぁっ!!」

大きな音を立てて扉が開き、全員が進もうとした瞬間。扉の向こうから大きなザリガニ型のモンスターが現れ、少年の首を鋏で断ち切った。

「いやぁぁぁぁぁっ！」

続いて一番後ろから絶叫。それは、少年の死を見てのものではない。

扉の開く大きな音に合わせ、オオカミ型のモンスターが二匹、後ろから姿を現していたのだ。

探索者兼、グリコフ達の性欲処理を任せられていた女性奴隷に、オオカミが噛みついていた。

「い、ぐっ……いっ……ぎゃぁぁぁっ！」

太腿を噛まれた彼女が、痛みに悲鳴を上げる。

「このっ！」

同じく後ろにいた弟分のひとりが、もう一匹のオオカミとやりあっていた。ザリガニはともかくオオカミのほうは、不意打ちでなければ負ける相手ではない。

しかし、先に噛みつかれた女性はまともに動けず、その牙を腹にも食い込ませることになった。

「あ………いや……う、あ……」

オオカミの牙に襲われた彼女は、叫ぶ力も残されていないようだった。大きく穴を開けた太腿からも、血はさほど吹き出さない。

それは、もう血液がまともに循環していないことを意味していた。

目は虚ろになり、生命の輝きが急速に失われていく。

「マルク、ユリアナ、ザリガニをやれっ！」

そう言い残して、グリコフはオオカミへ向かう。一瞬できっちりと、最も自分が安全な方法を叩き出していた。

マルクは正面のザリガニに向かい合う。

ユリアナは刀を抜くと、一歩前に出た。

少年を一撃で倒したザリガニは、逆側の鋏を伸ばしてくる。

「あ、ああっ！」

前にいた女の奴隷が剣でその鋏と打ち合うも、挟まれた剣は歪み、彼女の手から取り去られてしまう。

振り向いて逃げ出そうとするその背中に、ザリガニの鋏が迫った。

「やあっ！」

だが、それはユリアナの刀に受け流された。狙いをそれた鋏は空を切り、ザリガニは大きな隙を晒す。

「ファイアーアロー！」

そこにマルクの魔術が飛んだ。炎を矢にして飛ばすこの魔術は、単純ながら正確さと威力に秀でている。

ザリガニの外骨格の隙間に、炎の矢が突き刺さり燃え上がる。

人間には発音できない声を上げて、ザリガニがもがいた。そこへユリアナが踏み込む。

「はっ！」

気合とともに一閃。ザリガニの鋏を、付け根の細く比較的柔らかい場所から斬り飛ばす。

更に声を上げるザリガニは、残った鋏を闇雲に振り回す。

素早くユリアナが後ろに引き、マルクは次の魔術を放った。

「ファイアーボム！」

ヤシの実ほどの火球が飛んでいき、ザリガニに当たった瞬間爆発する。爆破には指向性があり、触れた方向に強く熱が放たれた。この世界では普及していない「爆弾」を参考にした、マルクのオリジナル魔術だ。

これまで以上の醜《みにく》い声を上げながら、炎の中でザリガニが足掻く。

熱によって、その身体がより赤く変色していた。

やがてザリガニは動かなくなり、息絶える。

ザリガニの死を確認したマルクが振り返ると、オオカミのほうも片付いていていた。

「はぁ……はぁ、クソッ！」

グリコフが息を整えながら、憎々しげに吐き捨てる。

メンバーは更にふたり減り、六人になっていた。探索者である以上、死者が出ることはある。だが、一度の探索で三人も死ぬのは普段ならまずない被害だった。

更に、シーフがもういない。現状での探索はどう考えても不可能だった。

「クソ……引き上げるぞ、クソ……」

まともな成果はショットガン一挺だけ。対して奴隷が三人死んでいる。しかもひとりは、充分な技量を持ったシーフ。グリコフでなくても毒づきたくなるほどの大損害だ。

「あ、う……」

剣を失った戦士の女性は、近くに転がる仲間ふたりの死体を改めて見て顔を青くした。

少年のほうは、首が胴から離れ遠くに転がっている。即死だったため、その表情は恐怖というよりも、驚きのほうが色濃い。対してオオカミに噛み殺された女性は、足首、太腿、腹と三ヶ所噛まれた後に死んだため、苦悶の表情のまま凍りついていた。性処理の面でも気に入られていた、彼女の麗しい姿は見る影もない。

まだ経験の浅い戦士の女性は、その凄惨な死体に耐えきれず、壁際にうずくまり嘔吐していた。

「クソ……なんでこんな……大儲けができると思ったのに……」

悔しそうなグリコフの声が虚しく響き、彼らは遺跡を後にした。

四話　奴隷であること

六人は暗い面持ちのまま都市に帰ってきた。

都市国家ドミスティアの中心、国名と同じ名を持つ首都、ドミスティアだ。

国家としては小規模なドミスティアだが、人口の三分の二を有する首都としてのドミスティアは、世界でも有数の大都市だった。

大通りに面した綺麗な石造りの街並みは、多くの人々で賑わっている。

一小国、元は一都市でしかなかったドミスティアをここまで発展させているのは、周囲に多く見られる遺跡だった。

発掘品の中には高価な宝石類や、銃を始めとしたロストテクノロジーも多い。

ドミスティアはそれらの発掘品を活用することによって、周囲の大国から独立を守っている。

マルクはグリコフの後について、街中を歩いていく。

遺跡の中と違い安全な場所では、グリコフは堂々と先頭を歩いた。

大通りから二本ほど道を入ると、少し街並みが暗くなる。素材や造りが違うという以上に、住んでいる人間の気質だろう。

大通りから少し離れたこの辺りは家がその分安く、それなりに腕に覚えのある探索者や荒くれ者が好んで暮らしていた。

その中の一つが、グリコフの家だ。

マルクをはじめ何人もの奴隷を抱える彼の家は、大きな二階建てだ。

その中に入ると、グリコフ達は普段なら、シーフふたりの部屋に行き、そこに装備を置いていた。

整備を彼らに任せるためだ。そして、奴隷でない弟分ふたりと飲みに行くのだ。

しかし、もうシーフのふたりはいない。今残っている奴隷は、経験の浅い女戦士とマルクとユリアナだ。

そこでグリコフはマルクとユリアナの部屋に装備を置いた。

「装備を整備しておいてくれ」

「はい」

本来なら《**職業**》持ちにさせることではないので、グリコフは一応柔らかめに命令した。

マルクはすぐに頷く。《**魔術師**》は便利だし、この聞き分けの良さもあって、グリコフはなかなか気に入ってくれていた。奴隷としてもそれは、とても都合がいい。

「じゃあ、飲みに行くか。さ、いくぞ」

グリコフは弟分ふたりに声をかけて、女戦士の手を引く。彼女は奴隷だが、飲みの席には連れて行かれる。もちろん、彼らと同じように飲めるわけではない。酒の席での盛り上げ役だ。

「しかし、ひとりか……ユリアナを抱けないのは惜しいな」

弟分のひとりが、欲望の詰まった瞳をユリアナへ向ける。

《**剣士**》として軽装の彼女は、深い襟ぐりから谷間を覗かせ、二の腕を露出させている。顔も可愛く整っているし、本来なら酒の席に連れていき、全員で楽しむところだ。

いくら貴重な《魔術師》とはいえ、マルクひとりに付けておくのはもったいない。

「分かりきったことを口にするな。行くぞ」

グリコフは弟分を促し、帰ってきたばかりの家を後にする。

《職業》持ちとはいっても、ユリアナほど可愛く胸も大きければ、無理させない程度に性奴隷として扱われるのが自然だ。

そんな彼女がグリコフ達の性欲をぶつけられないのは、制約のおかげだった。

いや、正確には、制約だと偽っているもののおかげだ。

彼女は奴隷商に売り込む際に、自らの制約を『男に犯されてはならない』と口にした。先に身を売っていたマルクの制約が『魔術使用後二十四時間以内に異性と性的接触を持つこと』だったので、比較的信じられやすかったのだ。

ユリアナはその嘘の制約によって身を守っていた。マルクの制約に関わって平気なのは「幼馴染で心から信頼しているから」と説明している。奴隷という身分によって強要され、犯されるのとは違う、という言い訳だ。

(ユリアナは意外としっかり者だからな)

意外、という部分が知られたら小言をもらいそうなことを、マルクは考えていた。

彼女の本来の制約は『弓などの射撃武器を使ってはならない。また、投擲を行うと一時的に補正が受けられなくなる』というものだ。とても《剣士》らしい制約である。

だが、それを素直に話していたら、彼女も飲みに連れていかれていただろう。

そう考えただけで、マルクの背筋には寒気が走り、胸の辺りがムカムカしてくる。

「どうしたの？　早く整備しちゃおうよ」

そのユリアナが、四つん這いで無防備に近づいてマルクの顔を覗き込んだ。

「あ、ああ……」

いきなり至近距離で見つめられて、マルクは目を泳がせた。

マルクはユリアナの制約が嘘だと知っている。多少強引に迫ったところで、彼女の《職業》を失わせる心配はないのだ。嘘の制約を信じ込んでいるグリコフ達とは、行為に対する重みが違う。それなのに、こんなに無防備に接近してくるなんて。

（そんなことできるならとっくに、って話か……）

村にいた間も、こうして奴隷になってからも、ユリアナとはずっと一緒だ。「自分だけがそう思っているんだ。勘違いに違いない」と自分に言い聞かせるような、いい雰囲気になったことも一度や二度じゃない。けれどマルクは一歩を踏み出せないまま、ここまで来ていた。

ユリアナが面倒見の良いタイプだったのも理由の一つだ。彼女は村にいた頃、マルクに限らず同世代や年下みんなの世話をやいていた。彼女本来の性格からくるものだ。

そんな彼女も、他のみんなとマルクでは明らかに面倒見の質が違う。しかしそれは、彼女との距離がもっとも近いマルクだけが、なぜか気づいていないことだった。

上目遣いのユリアナから目をそらすように、マルクは装備品を手に取る。

そして、焦るように整備を開始したのだった。

整備と言っても、素人にできることなどたかが知れている。

そのため、作業はすぐに終わった。

三名も死亡したため、装備品の数自体少なかったのも理由の一つだ。

マルク自身はこの暮らしに不満を感じておらず、面倒なことを考えずに探索者として遺跡を冒険できるので、むしろ楽しんでいた。

仲間が死んでしまうのは残念だが、自分も転生前に一度死んでいるためか、この世界や探索者としての日々に慣れたのか、命そのものに対する扱いはとても軽くなっていた。それはもちろん、自分の命に対しても、だ。

異世界に転生して、しかも《**魔術師**》というチート級の能力者。

どのみち探索者をやることには変わりないのだ。キツイことは当然あるが、探索は楽しい。少なくともサラリーマン時代よりは、生き生きとしている。

奴隷という名前こそ気分がいいとは言えないが、探索で結果を出すために、食事と寝床はまともな物を用意されている。

元々リーダーになりたいわけでもないし、探索者としての経験も最初は当然なかったので、奴隷でなくても、グリコフの弟分と近い立場に落ち着いていただろう。

そうなればきっと今との違いは、打ち上げの酒と女遊びが増えるくらい。悪くはないが、どのみちユリアナの視線があるので難しい。

だったらマルク自身は、この暮らしが続くのを悪いとは思っていなかった。

だが、死んでいった彼らのことを考えると、やはりユリアナだけは早く奴隷から開放しなければ、と思う。

《職業》持ちであるため、他の奴隷よりは大切にされる。しかし、あくまで奴隷は奴隷なのだ。いざという時には切り捨てられる側になる。自分ならそれもある程度受け入れられるが、ユリアナは別だ。命そのものを軽く感じるようになっても、大切な人の重みが減ることはない。

(そうは言っても、難しいか……)

奴隷の刻印は、主人に開放してもらうことで消える。

刻印が消えない限り、奴隷として誰かに譲渡することなども可能だ。

また、主人が死んだとしても、刻印が消えることはない。

その場合、一時的には自由になるが、主人のいない空き奴隷となってしまい、むしろ簡単に次の誰かに所有されてしまう。

大金を払って買った奴隷ならいざしらず、無料で拾った奴隷など、どう扱われるか分かったものではない。

主人がいないのが危険な状態だと分かるからこそ、奴隷は主人を危険へと誘導したりしないのだ。

(刻印を消せなくても、お互いを主人として契約できればよかったんだけどな)

奴隷は奴隷と契約することができない。

奴隷を持つことができるのは、奴隷ではない人間だけだ。

だからなんとかして、主人に開放してもらわなければならない。

これまでは無事にやってこれた。だが、これから先は？

三人が一度の探索で死ぬなんて、初めてのことだ。

マルクは改めて、この暮らしの危険を認識した。

なんとかユリアナだけでも解放しないと……。

「マルク、難しい顔してるよ？」

整備を終えて立ち上がり、悩み込んでいた彼に心配げな声がかけられる。

ユリアナはつぶらな瞳で下から彼を覗き込んでいた。何か心配して面倒を見ようとするときに姿勢を低くするのは、ユリアナの癖だった。

元は子供に目線を合わせるために屈んでいたのだろうが、それに慣れた結果、マルクのように自分より背の高い相手にも少し身をかがめてしまい、結果的に見上げる形になるのだ。

「どこか具合悪いの？」

「いや、大丈夫だよ」

マルクは彼女を安心させるため、笑みを浮かべながらそう答えた。

「そう？　それじゃあ……」

彼女はマルクに近づいて、そっと太腿を撫でた。

「今のうちに、しちゃおっか？」

そう囁いたのだった。

五話　パイズリ奉仕

今、この家にいるのはマルクとユリアナのふたりだけだった。

ユリアナはマルクのすぐ側にいる。意識した途端緊張したマルクが、彼女を見つめた。その視線に、ユリアナも気恥ずかしそうになる。改めて考えてしまうと、やはり未だに慣れないのだ。

ユリアナは一度視線を落とすと、明るい表情で言った。

「二十四時間あるっていっても、早いほうがいいもんね。ほらほら」

照れ隠しに、あくまで制約だということと強調しながら、彼をベッドへと誘導していく。

「マルクはいつもぼーっとしてるんだから。もう、しょうがないなぁ」

そう言いながら、彼女の手が優しくマルクを押した。

押されるまま、マルクはベッドへと腰掛ける。

ユリアナもベッドへ上がり、マルクは彼女と向かい合う形に動いた。

「じゃあ、今日はこれを使って気持ちよくしてあげるね」

「あ、ああ……」

自分の巨乳を持ち上げて揺らすユリアナに、思わず唾を飲み込んだ。

こぼれそうな乳肉がゆさゆさと揺れながら近づいてくる。

「まだ触ってないのに、もうおっきくなってるね」

ズボンを押し上げる勃起に、ユリアナの手が触れた。

「う……」

そのまま膨らみを撫で回される。じれったい布地越しの刺激と、目の前で強調されている谷間。幸せでありながら生殺しの状態に、マルクは小さく呻いた。

「あっ、この中でこんなに大きくなってたら辛いよね？　ごめん、早く脱いじゃおっか、ほら」

ズボン越しの勃起に夢中になっていたユリアナは、はっと気づくと照れながらそう言って、ズボンに手をかけて一気に脱がせた。照れているため、かえって思い切りが良くなっていたのだ。

「わっ、すごい……」

下着も一緒に剥ぎ取られたため、既に勃起していた肉竿がぶるんと揺れながら姿を現した。触れこそしなかったものの、彼女の顔近くに鎮座していた。

「えっと……それじゃあ……わたしも脱ぐね？」

「ああ……」

確認を取られると、再び意識してしまう。

視線が彼女の谷間に向き、マルクはまた唾を飲み込んだ。

ユリアナは自らの服に手をかけ、その魅惑の双丘を解き放つ。

はだけた服から、ぽよん、と柔らかそうに揺れながら、おっぱいが現れた。

マルクはその揺れに目を奪われる。

「んっ……そんなに熱心に見られると……」

恥ずかしくなった彼女が反射的に胸を押さえると、柔らかく潰れた乳房が余計にいやらしい。

興奮のあまり、マルクの肉竿がぴくんと跳ねた。

「あっ……も、もうっ。そんなに待ちきれないの？」

胸を見られることに羞恥を感じつつも、自分に魅力を感じてくれていることに嬉しそうなユリアナ。彼女は両手で胸の谷間を広げる。大きな胸が左右に分かれ、肉竿を左右から包み込んだ。

ユリアナが手で胸を寄せると、ふわふわとした柔らかさが肉竿の上下左右から伝わってくる。

「おお……」

マルクは思わず感嘆の声を漏らした。

おっぱいに肉竿が包まれている。その感触はもちろん、寄せあって深い谷間を作っている胸や、照れた表情を浮かべるユリアナといった見た目の部分も、とてもいい。

「どう？　おっぱいで挟むの、気持ちいい？」

ユリアナが上目遣いでマルクを見ながら尋ねた。

「ああ……すごくいい」

マルクは素直に頷いた。包まれているだけで穏やかな気持ちよさがある。

射精に至るような激しさはないが、こういうのもいい感じだ。

「おちんちん、すごく熱くなってるよ。あうっ！　こうやって、手でぎゅーってすると、んっ！」

「ぐっ……」

ユリアナは左右から自分の乳房をぎゅっと押した。

圧迫感が高まり、弾力のある胸が肉竿を柔らかく押しつぶしてくる。

さっきまでの包み込むような快感よりも、もどかしさが強くなる。

「力を入れたり抜いたりしてみるね」

彼女はそう言うと、手の力を緩めたり込めたりを繰り返す。

胸が圧迫と弛緩を繰り返して、肉竿をむにゅむにゅと刺激していく。

「ん、しょっ……えいっ……あっ、んっ……」

ユリアナはぎゅっ、ぎゅっと肉竿を刺激していく。

おっぱいに包まれたそこは、柔らかな気持ちよさにどんどん高まっていった。

「んっ、そろそろ、もっと激しく動くね。その前に……」

彼女は口を大きく開くと、そこから唾液を垂らした。

「あうっ」

雫が谷間へ落ちて、その奥の肉竿へと降り注ぐ。

「あえ、えろっ……」

彼女は潤滑油にするために、唾液を零し続ける。透明な雫が肉竿を濡らしていく。胸で男のものを挟みながら口を大きく開けているユリアナに、マルクは背徳的な喜びを覚えていた。

「そろそろいいかな……えいっ」

よだれまみれになったそこを、彼女のおっぱいが包み込んだ。

ニュチュッといやらしい音がして、ぬるぬるになった肉竿が乳房の中で暴れる。

「あんっ、ダメだよ、そんなににゅるにゅる暴れたらっ……！　えいっ！」

彼女がぐっと胸を寄せる。谷間でつるつると暴れていた肉竿を、きっちりとホールドした。

「もう逃げられないね。このまま縦に揺らすと……」

ユリアナが身体を大きく上下に揺らすと、腰の上で乳房が弾み、中の肉竿を扱き上げる。

ニチュ、ネチュッ、と音が響いて聴覚からも責めてくる。

「あ、ぐっ……」

「マルク、イキそうなの……？　腰が浮いてきてるよ」

快感を求める彼の腰は、ユリアナの胸に向けて突き出されていた。

「もっと、激しくするね……あっ！　ん、これっ……！」

激しい動きで乳首が擦れ、彼女が甘い声を上げる。

乳房を揺さぶるたびに、その先端がマルクの身体で擦り上げられていた。

「んっ……先っぽが、マルクに擦れてっ……！」

彼女が上げる甘い声に、マルクの快感は更に高まっていく。

ユリアナは恥ずかしがりつつも、自らの快感を求め、乳首をこすりつけるように動いてくる。

感じ始めた彼女の顔は、どんどんと蕩けていく。

普段は可愛い系で、幼く見えるユリアナの、色っぽい表情。

「あっ……熱いよ……んっ……ああっ！」

大きなおっぱいに肉竿を挟んで揺らしながら、エロい声を上げるユリアナ。

こんな彼女を知っているのは自分だけだ。そう意識すると、これまで以上に興奮した。

「あっ、ああっ！　んっ、ふぅっ……マルク、気持ちいい？」

「ああ、すごくいいよ……」

嬌声の合間に問いかけられるのも心地良く、マルクはうっとりと頷いた。

「あっ！　はっ、ふぅんっ！　おっぱいの中で、おちんちん大きくなってるっ！　はっはっ、あぁっ……！　ん、しょっ！」

射精の気配を感じたユリアナが、最後に激しく胸をこすりつける。

ビュルッ！　ビュッ！　ビュルルルルッ！

「んはぁぁっ！　胸の中で、マルクの熱いのがいっぱい出てるっ！」

深く呑み込まれた谷間の中で、マルクは射精した。

彼女の深い谷間から、白い精液が溢れ出し、胸を汚しながらベッドまで垂れていった。

「あっ、いっぱいこぼれちゃうっ」

ユリアナは精液をこぼさないように、両手で胸を支えながら位置を調整した。

「あうっ、今動かされるとっ……！」

乳肉が柔らかく動くと、谷間に呑み込まれたままの肉竿がむにむにと圧迫される。

射精直後の敏感なところを愛撫されて、マルクはむず痒いような気持ちよさに声を上げた。

「あっ、小さくされちゃったら、下から溢れてきちゃうよっ」

射精を終えて柔らかくなっていく肉竿に、ユリアナが慌てた声を上げる。そして体積を減らした肉竿と隙間が空いてしまう分だけ、そっと胸を寄せる。

興奮状態でないそこを、大きな胸がすっぽりと包み込んでいる。ただおっぱいに包み込まれているだけで気持ちがよかった。

嬉しそうなユリアナの顔を見ながら、マルクはもうしばらく幸せに包まれているのだった。

六話　再探索

「もう一度、探索するぞ」

数日後、グリコフは生き残った全員を集めてそう言った。

彼の言葉に賛同の言葉はない。前回、あれだけ大変な目にあったのだ。しばらくは遺跡に潜りたくないというのも、無理はないだろう。

ましてや、あの遺跡に再挑戦したいとはとても思えない。

最初から奴隷の意見は聞く必要がないため、グリコフの目は反応の薄いふたりの弟分に向く。

その様子を、マルクはどう生き残るかを考えながら眺めていた。

（《剣士》のユリアナは、前に出る分俺よりも危険だ。なんとかしないと……）

「前回の損失は大きい。なんとしても取り戻さないといけない。それに、いきなり銃をみつけられたあそこには、まだまだお宝が眠っているはずだ。まずはこのまま潜って、損失分を取り戻す！」

グリコフはそう主張してふたりを焚きつけようとするが、弟分の顔から怯えは抜けない。

弟分ふたりは顔を見合わせて、弱々しくうなずきあうとグリコフに意見した。

「このままは無理ですよ、アニキ。せめて奴隷を増やさないと……」

奴隷は、最悪壁にできる。弟分ふたりにとって、奴隷の数は自分の安全をわかりやすく保証してくれるものだった。

実際、三人も奴隷が死んでしまったが、そのおかげかグリコフたち奴隷でない三人は、ほぼ無傷だった。

「ううむ……」

ふたりの主張に、グリコフは考え込む。

奴隷は決して安いものではない。人ひとりの人生と考えれば安すぎるのかもしれないが、買い物としてはそれなりの値段だ。

既に、三人失ったことでかなりの損失を出してしまっている。利益を得ておきたいグリコフとしては、もう一度潜ってもっと宝を手に入れる必要があるのだが、弟分の頭にあるのは自分の安全だけだ。

このまま遺跡に挑まず、眠った宝を誰かに横取りされてしまうと大損なので、なんとしても探索は続けたい。しかし、弟分の言うことも分かるし、グリコフ自身も壁は欲しい。

そんな思考が渦巻いたのか、彼は難しい顔で悩んでいた。

やがて、答えを出したのかグリコフが口を開く。

「分かった。奴隷を揃えよう」

グリコフはしぶしぶ頷いて、新たな奴隷を買いに行った。


けっきょくグリコフは奴隷を購入したのだが、やはり前のシーフほどの実力者はいなかった。

一応、シーフ技能がある者を購入したが、前任の彼に比べれば心もとない。

他には壁役としてふたり購入し、人数だけは前回と同じになった。

そのパーティーで、再び遺跡に入る。

以前に進んだところまでは、問題なく進むことができた。攻略済の部分は、発掘品もない代わり、さほどの危険もないのだ。

そして、いよいよ。開いた途端に襲われ、そのまま撤退した例の大きな扉の前へとたどり着く。前からいるメンバーの間に緊張が走る。それが伝染して、新たに加わった三人も警戒心を強めているようだった。

「いくぞ」

グリコフが声をかけて、先頭にいる奴隷に行動を促す。

彼らは未知の領域へと踏み込んだ。

扉の奥も、基本的にはこれまでと変わらない様式の遺跡だった。

だが、空気感が少し違う。これまでよりも人の気配、ここで人々が過ごしていたという感覚が薄かった。広間ではなく、倉庫に近い空気感といったところだ。

パーティーの一番後ろは弟分のひとりと、前回は前衛だった戦士が務めている
マルクの前にいる三人は、ふたりの男が戦士でシーフ技能者が女だった。

三人が前になって歩いていく。シーフは遺跡内を探索し、罠などを解除していくのが仕事だ。そのため、戦闘になったとき以外はみんなを先導することになる。

戦闘になってすぐ前に出られるように、シーフのすぐ後ろに戦士ふたりが控え、その更に後ろがマルクとユリアナだ。その後ろにグリコフとアイテムを持つ弟分がいる。

「モンスター！」

シーフの女性が叫び、ふたりの戦士が前へ出る。

体格はふたりともがっしりしているため、見たところは強そうだ。

しかし、探索やモンスターとのまともな戦闘は、ほぼ初めてということだった。

正面から来るのは、前回も出会ったオオカミ型のモンスターが二匹。

このモンスターは、決して強すぎる相手ではないが、まったくの雑魚というわけでもない。

「おらぁっ！」

戦士の剣が、襲い掛かってくるオオカミを正確に捉えてその脳天を叩き割った。

「うわぁぁっ！」

だが、隣ではもうひとりの戦士がオオカミに襲われてかけている。緊張と恐怖で手元が狂い、初撃を外してしまったのだ。

振り下ろした剣の横を抜け、オオカミが襲いかかる。戦士は目の前の光景に恐怖し、目を見開いた。太い血管を噛まれれば、そのまま失血死するかもしれない。

間近に自らの死を感じて、なおさら動けなくなってしまったようだ。

「はっ！」

そこにユリアナが素早く飛び出て、オオカミを一閃。《**剣士**》だからこその素早さでモンスターを片付けた。

「あ、あぁ……」

襲われかけていた戦士は、緊張の糸が切れてへなへなと座り込む。奴隷である彼は、望んで探索者になったわけではないのだろう。身体は鍛えられていたが、いざ実戦となって怯えてしまうのは仕方のないことだったのかもしれない。

グリコフや弟分はその様子に不安を覚えたようだ。しかし、ここで引くわけにはいかない。前回奴隷を失った損失に加えて、新たに購入した三人の分も利益をあげなければいけないのだ。なんとしても、お宝を見つけて持って帰らないといけない。

「よくやった！　モンスターが来たが、全員無傷だった！　進むぞ！」

グリコフは威勢のいい声を上げて、弟分や部下を奮い立たせる。

マルクは先行する三人についていきながら、焦りを覚えていた。

不慣れな奴隷達と、引くに引けないグリコフ達。パーティーの状態は最善からは程遠い。

（せめて早めに、グリコフが納得する量の発掘品が見つかってくれればいいが……）

不安を抱きながら、遺跡を進んでいく。

廊下を抜けて、大きな広場にたどり着いた。

広さはかなりあるが、林立する柱やオブジェによって、視界はさほど良くない。

隠れて進むにはいいが、その分何かが潜んでいる可能性もある。

シーフを先頭に、一行は警戒しながら進んだ。

ザッ、と後ろで音がして、まずマルクとユリアナが反応して振り向いた。

「あ、あぁぁぁああ！」

しかし悲鳴は、気配がした後ろではなく、前からだった。

体長八十センチほどの、子鬼型のモンスターが三匹でシーフに襲いかかっていた。

それを助けようと戦士が動くが、そちらにも子鬼が数匹襲いかかる。

「まずい、ユリアナ！」

マルクとユリアナは目を合わせると、左右へと跳んだ。

先程までふたりがいた場所には、直径一メートルはあろうかという大岩が落ちてきていた。

子鬼が数匹がかりで用意して投石してきたのだ。

「あそこか。ファイアボール！」

マルクは真っ先に投石機に向けて火を放つ。拳ほどの炎が勢いよく飛んでいき、木でできた投石機に当たるとそれを燃え上がらせた。

「はっ、やっ！」

ユリアナは自身に群がる子鬼を切り伏せながら、前へと進む。

「数が多い……強引に突っ切るぞ！」

声を上げると、グリコフは走り出す。全力で走ったことで子鬼の連携も崩れ、まちまちに襲い掛かってくるそれを切り伏せながら、グリコフは前方へと逃げ出した。

弟分達がそれに続く。

「マルク、ユリアナ、いいからこい！」

子鬼に対処していたふたりに、グリコフの指示が飛ぶ。刻印による強制はないにしても、奴隷である彼らにとって、グリコフの命令は絶対に等しい。

ふたりは戦闘を切り上げ、グリコフの元へ駆ける。だが、そんなときでもユリアナは、マルクに速度を合わせて離れなかった。

「い、ぐ、あぁっ！」

後ろで子鬼に組み付かれた戦士の呻き声がしたが、グリコフ達は構わずに進む。

あのまま子鬼と戦い続ければ、被害がもっと広がる。

グリコフを先頭に、六人は広場を駆け抜けて廊下を突っ切る。しばらく走ったところで、ようやくひと心地ついた。

「はぁ、はぁ……クソッ……」

購入したばかりの三人は、子鬼に組み付かれて脱出できなかった。発掘品も、今日はまだまともに得られていない。

しかも、帰りは別の道を通る必要があるだろう。

「いくぞ……。ユリアナが先頭だ」

絶望的な気分で、それでも引けずにグリコフはそう命じた。

もう残っている奴隷は、マルクとユリアナ、そして今日は最後列にいる女戦士だけだ。

一番後ろと一番前は、自身の安全のため奴隷に務めさせる。

ついにユリアナが最前列になってしまった。マルクは自分が替わりたいと思ったが、《**魔術師**》の彼に最前列は務められない。

「慎重に行けば大丈夫だよ」

ユリアナはマルクを安心させるようにそう笑った。実際、解除はできないが、罠の感知や回避だけならユリアナはシーフ以上だ。《**剣士**》としての危機感知能力と反射神経がある。

その能力を存分に活かし、ユリアナは先頭に立って遺跡の奥を目指した。

七話　発掘品を見つけたものの……

ユリアナとマルクは共に警戒し、連携を取りながらなんとか安全に道を進んでいく。その後ろをグリコフ達がついてきていた。

遺跡にも慣れており、互いの弱点を補いあえるふたりは、時折出てくるモンスターを着実に仕留めながら進んでいった。

運がいいことに、子鬼がたくさんいた広場のようなトラップは、他には存在していなかった。

見れば通路の突きあたりに扉がある。これまでのことから、このダンジョンではあまり扉にいい印象がなく、マルクは警戒した。

「……うん。危険はなさそうだね」

ユリアナがそう言って、手をかける。

扉はあっさりと開き、トラップの類はないようだ。

「おお……！」

後ろから覗き込んでいたグレコフが、喜びの声を上げる。

そこには装飾品や小型の銃など、待望の様々な発掘品があった。装飾品についている宝石が本物ならば、これはかなりの金額になるだろう。

グリコフの顔に笑みが浮かび始める。

「これならいける……よし、お前らも持ち出せるだけ持ち出せ！」

弟分ふたりに声をかけ、グリコフも自身が真っ先に、豪華な装飾品を手にとった。

普段ならば、戦闘の際の身軽さを考えて、あまり荷物は持たないようにしている。弟分のひとりだけが、途中で得た発掘品を持つのだ。彼はグリコフの側という一番守られている位置にいて、戦うことはほとんどない。そのため、発掘品を多く抱えていても大丈夫なのだ。

しかし、ここまで損失を広げてしまったことから、グリコフは自らも積極的に発掘品を荷物に詰め込んでいる。もうひとりの弟分も同様だ。

「お前らもだ！」

グリコフはマルク達にもそう声をかけた。

帰り道も、多少の戦闘はあるだろう。それは予測できることだった。

だから本来なら、グリコフ達も重すぎるほど荷物をたくさん持つべきではない。

それなのに、戦闘員のマルク達にも荷物を持たせようとするなんて無謀だった。

「そんなの危険ですよ。わたし達は――」

「これは命令だ！」

ユリアナの忠告を遮って、グリコフが怒鳴った。

彼は前回今回と大きな損失を出し、かなり焦っていた。いつになく粗暴になってしまっている。

自分の選択が正解だったと言い聞かせるため、少しでも多く利益を上げたいのだろう。

その思いが、全員での発掘品回収という方法を選ばせた。

「よし、まあこんなもんだろう。一度こいつらを売り払ったら、またここに来よう」

がてきる。

グリコフ達は上機嫌だ。奴隷は減ってしまったが、多くの発掘品を手に入れて、換金額にも期待ができる。

「ええ、そうっすね！」

反対に、マルクとユリアナは不安を隠せない。

「……いざとなったら、これは捨てよう」

マルクは小声でユリアナに囁く。彼女は無言で、小さく頷いた。大荷物ではまともに戦闘できない。それはそのまま命にかかわることだった。

グリコフは上機嫌のまま、悠々と小部屋を出て廊下へと戻る。

一度通った道だから、という油断が見て取れる。まるで街中であるかのように、グリコフが先頭を歩く。仕方なく、マルク達もそれを追いかけた。

宝さえ手に入れれば、早くこんな場所は出たいとばかりにグリコフ達は歩いていく。

そのとき、カシャカシャ、と音が聞こえ、一行は視線を向けた。

「ぐっ……クソッ……」

そこにいたのは、先日も見たザリガニ型のモンスターだ。

大して広くない廊下ということもあり、ほとんど道を塞ぐようにしてこちらへと迫ってくる。

グリコフは思わず毒づくと、素早く命令を下した。

「マルク、ユリアナ、こいつをやれ！　お前らは早くこい！」

続きは弟分にだけ言って、ザリガニのいないほうへと駆け出す。そのまま逃げるつもりのようだ。

一瞬迷った女戦士は、グリコフを追った。

グリコフ達はすぐに角を曲がって見えなくなり、ザリガニはどんどんと近寄ってくる。

「やるしかないか」

マルクは荷物を捨てて、杖を構える。

ユリアナも同じく荷物を捨て、刀を構えた。

「ファイアーアロー！」

先制攻撃で、マルクは炎の矢を放つ。前回同様に外骨格の隙間を狙ったものの、廊下は狭いため狙いが読まれやすく、硬い鋏に弾かれてしまった。

それでも少しは効いているようだが、期待したダメージには程遠い。とてつもなく硬い。

「やあっ！」

そのままマルクを狙った鋏を、前に出たユリアナが受け流す。ザリガニの鋏は廊下の壁に命中し、そこを僅かに削り取った。

「狭いと不利だな……」

ユリアナは機動力で翻弄《ほんろう》するタイプなので、戦闘場所が狭いと強みを活かしきれない。

マルクにしても、隙をついて弱点を狙うことができないから、有効な魔法を放つことができない。

「だけど、反対に逃げ場もないってことだからね。火力さえあれば……ファイアーボム！」

ヤシの実ほどの大きさをした火球が、ザリガニへと飛んでいく。危機を感じたザリガニが、両の鋏を盾にして、その火球を受け止めた。

とたんに爆発が起こり、狭い廊下が大きく揺れる。廊下の狭さがもあって、マルクの側にも多少の衝撃があった。

「ダメか……」

前は直撃したため倒すことができたが、硬い鋏で防がれた今は、あまりダメージが入っていないようだった。廊下全体をザリガニの巨体で塞がれると、正面からしか攻撃することができない。そのため、なかなか有効打を加えることはできそうになかった。

前の戦闘であの鋏は、比較的柔らかい根本の部分をユリアナが斬り飛ばして対応した。だが、横から回り込めないこの場所では、その方法は難しい。

（ある程度の広さの部屋まで、こちらが後退するか……あの鋏を突破できそうな魔法を使うか……）

後退していく場合、途中で反対からモンスターが来たら挟み撃ちになってしまうリスクがある。強力な魔法を使う場合、何種類か選択肢はある。だが、どれを選ぶにしろ鋏を無効化できなかったら、マルクは魔力を使い果たすか、杖を手放すかして戦力を大きく減らしてしまい、ほとんどユリアナだけで戦わないといけなくなる。

どちらにもリスクがあり、マルクは迷う。

迫りくる鋏をユリアナの刀が捌《さば》いた。それでもザリガニは諦めず、反対の鋏を彼女へと伸ばす。迷っている間にもユリアナの体力は削られ、次第に不利になっていく。

マルクは彼女を信じることにして、今は魔法を放つほうに決めた。

それでも保険として、一撃で葬り去るような大爆発系の魔法ではなく、とにかく鋏を貫通することに特化した魔法を選択する。

杖を媒介に魔力を集め、魔力でできた鋭い槍を作り上げる。元の杖よりも長く太い槍になっており、その威力は間違いなかった。

「マジックジャベリン！」

魔法が組み上がり、そのまま杖を投擲《とうてき》した。もしこれが防がれてしまうと、杖を手放したマルクは魔法の威力が半減してしまう。弾かれる位置にもよるが、無傷のザリガニの攻撃を掻《か》い潜《くぐ》って拾いに行くのは困難だろう。ただでさえ攻撃が通らないのだから、杖を手放してしまえば絶望的だ。

魔力を纏《まと》った杖は一直線にザリガニへと飛翔する。その鋭利さを察したザリガニは、鋏を引き戻して再び盾にした。前の個体を倒したファイアーボムすら防ぐ、強力な盾だ。

その盾に、魔力の槍が命中する。

ギィイイィッ……とガラスを尖ったもので引っ掻くような不快な音が響き、マルクは耳を塞ぎたくなる。

やがて音が停止すると、魔法の槍はザリガニの両鋏を縫い止めるように貫いていた。

「やぁっ！」

動きを止めた鋏の下を、ユリアナが掻い潜って跳び上がる。

そしてザリガニの頭部に、鋭い刀を突き刺した。

ザリガニは聞き取れないほど小さな悲鳴を上げながら、必死に暴れる。頭上のユリアナを攻撃しようとはするものの、鋏は縫い止められていて使えない。

ユリアナはそのまま刀を引き抜き、脆くなったそこからザリガニの頭を断ち斬った。

頭を切り落とされたザリガニ型モンスターは、そのまま倒れ込んでついに絶命する。

「お疲れ様、助かったよ」

魔法を解除した杖を引き抜いて、ユリアナに声をかける。

「ふぅ……ううん、マルクが鋏を封じてくれたおかげだよ。狭いところでの戦闘は、わたし達の課題みたいだね」

血払いして刀を収めると、ユリアナはマルクに駆け寄った。

なんとか窮地を脱したふたりだが、まだ遺跡の中だ。

先に逃げたグリコフ達に追いついて、ここから出る必要がある。

「でも、力を使いすぎたから回復させながら戻ろうか」

「そうだね」

全力疾走で追いかけることもできるが、そんなボロボロの状態で戻っても足手まといになるだけだ。マルクとユリアナは体力や魔力を回復させながら、グリコフ達を追った。

モンスターと遭遇することなく遺跡を歩いていると、徐々に力が戻ってくる。

全快とまではいかないが、これなら充分に戦えそうだ。

ゆっくり歩いていた分、走って逃げたグリコフ達とは差が開いてしまったかもしれない。だが、どのみちマルク達はグリコフの奴隷なのだ。彼から逃げることなどできないし、すぐに合流することになる。グリコフも逃げられないと分かっているから、彼らに後ろを任せて先に逃げたのだ。

子鬼達の広場を避けるため、行きとは違う道を通ることになる。それはグリコフ達も同じはずだった。

そして広場を迂回して歩いていると、次第に戦闘の音が聞こえはじめた。

「なんだろう？　グリコフ達かな？」

「見に行ってみよう！」

他の探索者だとしても、苦戦しているようなら助けなければならない。体力や魔力が充分回復していることもあって、マルク達は音のほうへと急いだ。

「ぐっ……クソッ！」

前にいたのは、やはりグリコフ達だった。だが、旗色はかなり悪そうだ。

モンスターの死体もすでに三つほど転がっているが、普段荷物持ちをしている弟分も血溜まりに倒れ伏していた。

「なんだ、あれ……」

マルクの目に入ってきたのは、オオカミ型のモンスター。だが、色が他の個体とは違った。

茶色や白っぽい毛ではなく、全身の体毛が紫色をしている。それに、目が違った。他のモンスターのような、獲物を狙う獣のそれとは違う。もっと濁っていて、それでいて不気味にギラついている。その瞳には、まるで元の世界のゾンビ映画のような気味悪さが宿っていた。

「グゥウウゥッゥ……」

唸り声を上げながら、そのオオカミはグリコフに飛びかかる。

なんとか剣で受け止めているものの、体格もパワーも十分にあるはずの彼が、押し負けてよろめいていた。グリコフは決して弱いわけではない。それなのに、かなり押されている。

これまでのオオカミ型モンスターよりも、だいぶ強力になっているようだ。

マルク達も駆けつけて、五対一。

それでもまるで怯むことなく、その紫オオカミは襲い掛かってきた。

八話　紫色のモンスター

紫色のオオカミ型モンスターが、今度は女戦士へと飛びかかる。

その速度、跳躍力も、通常のモンスターよりかなりアップしているようだった。ボスのような個体なのかもしれないが、ここまで桁外れに危険なものはマルクも聞いたことがなかった。

「あ……え？」

飛びかかられた女戦士は痛みによる悲鳴ではなく、戸惑ったような声を上げた。

彼女の身体には大きな穴が空いていた。

本来なら激痛では済まないほどの傷だが、紫のオオカミが持つ毒素のせいか、それともあまりに大きな傷に痛みすら伝わらなくなってしまったのか、彼女は急激に身体を失った戸惑いのまま倒れ込み、そのまま意識を手放した。

「なんて破壊力だ、クソッ！」

女戦士はこの中では明らかに一番弱かった。だとしても、たった一撃であれほど人体を抉り取るというのは尋常じゃない。

先日の普通のオオカミ型が、牙を食い込ませても太腿に穴を開けるくらいだったのを思えば、その差は歴然だ。この、紫色のオオカミは、人の骨など何の抵抗もなく噛み砕いてしまえるらしい。

「グルゥゥウウウゥゥ……」

オオカミは全身紫で、口元だけを真っ赤に染めていた。その濁った瞳は、次に弟分を捉える。

「うわぁぁぁっ！」

素早く飛びかかってきた敵に、彼は剣を振るって応戦する。開いた口めがけて振るわれた剣は、しかし牙に弾き返されてしまった。勢いは逸れたものの、オオカミはそのまま左肩にかぶりつく。

「あぎゃあああぁぁぁあぁぁあ！」

左側の鎖骨までをオオカミの牙で抉り取られ、弟分は鮮血を撒き散らしながらのたうち回った。出血量を見るに、助かる見込みはない。じきに呼吸が停止してしまうだろう。

即死でなかった分、彼が一番悲惨だ。仲間の続けざまの死に、マルクは思わず目を背ける。

「あ……あぁっ……！」

「このっ……！」

近くにいたグリコフが斬りかかるも、オオカミは鋭い爪でそれを弾き返す。

反動でグリコフの手から剣が離れ、彼は後ろへ倒れ込んでしまった。

「ファイアーアロー！」

マルクの炎の矢がオオカミに迫る。だが、グリコフの攻撃を意にも介さなかったオオカミは、万全の態勢で冷静に魔力の矢を避けた。

「……しゅっ、やぁっ！」

矢の直後、飛び上がったオオカミにユリアナが斬りかかる。そこで初めて動揺らしきものを見せたオオカミだったが、姿勢を崩しつつも爪で刃を弾く。

ユリアナとオオカミは互いに体勢を崩し、両者とも即座に持ち直す。

「クソ……クソがぁぁ……」

グリコフは弟分の剣を手に立ち上がる。気持ち的にはすぐにでも逃げたいようだが、背を見せれば確実にやられるだろう。

オオカミの側に、ユリアナとグリコフ。少し離れた位置にマルクがいた。前衛ではないマルクは、オオカミに接近するメリットがない。

……反対にオオカミからすれば、距離を取られているのはまずい状況。

野生のなかで研ぎ澄まされた勘が告げるまま、オオカミはマルクへと飛びかかった。

通常なら届かない距離だが、強化されているこの紫個体は、その牙を届かせることができた。

口を大きく開いて襲いかかるオオカミに、マルクは反射で魔法を唱える。

「ファイアーアロー！」

開いた口に炎の矢が飛ぶ。流石に口内に受けるわけにはいかず、オオカミは口を閉じた。

じゅっ……と外に比べて防御力の低い、内側の肉が焼ける音がする。

だが勢いは止まらず、オオカミのタックルを受けたマルクは後ろへと跳ぶ。

このオオカミの体格だと、慣れていない探索者なら一撃で戦闘不能になりかねない威力だ。耐えきれないのは分かっていたので、マルクは衝撃を逃がすため自ら跳んだのだった。

前衛職でないとはいえ、マルクも《職業》持ちでフィジカルは常人より高い。牙ならいざしらず、ただのタックルなら、ほとんどダメージを受けずにやり過ごせる。

「ファイアーボム！」

すかさず魔法を唱えるも、オオカミは素早く反応して躱す。だが、通り過ぎたボムが爆破した衝撃は、オオカミの耳にダメージを与えていた。

「グッ……グォオオオォォ……」

そこへ間髪入れずに、ユリアナが斬りかかる。反射的に動くオオカミだが斬撃は躱《かわ》しきれず、紫の胴が浅く切り裂かれた。

……やはりこいつはおかしい、とマルクは確信する。体毛だけならまだしも、このオオカミは肉や血まで紫に変色している。通常ではありえないことだ。

位置関係が変わり、今はマルクとユリアナがオオカミの側、グリコフが少し離れた位置にいる。

オオカミを恐れたグリコフは、ユリアナに続いて斬り込むことができなかったようだ。

離れた位置にオオカミが動いて安心しことで、踏み止まるか逃げるか、グリコフの中で葛藤が始まる。彼は今、出口に近い。このまま逃げ切れるのではないかと考え、視線が出口のほうへ向かう。

しかし逃げの一歩を後ずさった瞬間、オオカミが不意をついてグリコフめがけて飛び込んだ。

すぐにユリアナが追うが、一跳《ひととび》の距離はオオカミに軍配が上がる。

「あがっ……」

何かを言いかけたグリコフの首と胸が抉れて消失した。オオカミは着地と同時に、飛び込んできたユリアナへ迫る。牙と刀が交差し、甲高い音を立てた。

互いに傷を与えられず着地したところで、舞っていたグリコフの首が地面に落ちる。

もう残っているのはふたりだけだ。グリコフが死んだことで、マルクとユリアナの刻印が淡く光った。ふたりは今、所有者をもたない、空き奴隷になってしまったのだ。

こうなってしまうと、一度奴隷商に引き取ってもらうしかない。他の人間といきなり契約させられると危険だ。無料で手に入れた奴隷のことなど、雑に扱う人間が多いからだ。奴隷商になら、足下を見られたとしても、商人としてのがめつさを発揮して相応の相手に高値で売ってくれるだろう。それがそのまま、自分の利益となるのだから。

だが、今の脅威はまず目の前のオオカミだ。こいつをなんとかしなければ、この場を生きては抜けられない。

目の前で繰り広げられた惨劇に、マルクの心の一部は悲鳴を上げている。奴隷として連れ回され、危険な戦闘を強いられることも多かったが、グリコフ達とはそれなりの時間を過ごしてきたのだ。

恨みや怒りがまるでないといえば嘘になるが、それでも自分は今日まで生きてこられた。

マルクは杖を握り直し、魔術を放つ。

「ファイアーアロー！」

一度口内を焼かれたこともあって、オオカミは炎の矢を大きく躱す。

そこを逃さずユリアナが斬り上げる。身をひねったオオカミの皮膚が、薄く裂かれた。

グリコフの死を悼《いた》む気持ちがある反面、マルクの中の冷静な部分は、ふたりになったことでオオカミを倒しうるかもしれないと考え始めていた。

自分とユリアナ、戦闘において以心伝心なふたりだけが残ったことで、不確定な要素がぐっと減る。上手く連携すれば、この素早く力も強い紫のオオカミに、致命傷を与えられるかもしれない。

マルクはユリアナにアイコンタクトを送る。マルクがオオカミの隙を作る作戦だ。

「ファイアーアロー！」

「グルゥッ！」

再び炎の矢を躱したオオカミは、マルクへと迫る。遠距離への攻撃手段を持たないオオカミは、素早く距離を詰めるしかない。

近づいてくるオオカミに、マルクは氷と雷の魔術を用意する。威力自体は炎系のほうが高いが、氷結系の魔術は「氷」が実物として残ることが、雷系の魔術はそのまま「電気」であることが強みだ。

中学か高校で習ったことなので細かい部分は忘れたが、感電すると筋肉は収縮する動作を行う。感電が止まれば自由になるが、火や氷と違って隙は確実に生じる。

炎を恐れたオオカミは、口を開けずにマルクに突っ込む。そして鋭い爪で襲いかかった。

「アイスボール！」

マルクの目の前に氷の塊が現れる。それはすぐに爪に砕かれたが、その分勢いがなくなり、オオカミはただマルクを押し倒した。それを見て、ユリアナが駆ける。

「サンダーショック！」

至近距離のオオカミに、雷の魔術が当たる。オオカミの耐久力を考えると、ダメージ自体は決して高いものではない。単純な威力だけなら十発当てたところで、動きを止めるには至らないだろう。

だがこれで、オオカミの身体には電気が流れた。

それは一瞬だが筋肉を収縮させ、地面についた四本の足が握り込まれるように動く。

たかがその程度だ。一瞬動きを止めただけに過ぎない。オオカミとマルクが一対一ならば、なんの意味もない一撃。しかし、二対一のこの戦いにおいて、その一瞬がすべてを決する。オオカミの目は確かに、迫る銀閃を捉えていた。そして回避できる猶予はあった。そう、いつもならば。

そこへ、突然の電撃。さしたるダメージもなく、オオカミは無視して跳ぼうとしたはずだ。しかし、電気によって動かされた筋肉は予期せぬ反応をした。

たった一瞬、危機を認識しているのに動けない時間が訪れる。

そして次の瞬間には、ユリアナの刀がオオカミの右目を貫き、そのまま奥へと吸い込まれていく。

どれだけ体毛や皮膚が強化されていようとも、眼球そのものを頑丈にすることはできない。

ユリアナの刀はその弱点を正確に突いた。

頭蓋骨を抜け、刃が脳へと届く。ユリアナは軽く刀身をひねると、眼窩からそれを引き抜いた。

紫色の血が吹き出し、ユリアナとマルクに降り注ぐ。オオカミの全身から力が抜け、崩れ落ちた。

倒れ込んだオオカミは、もうピクリとも動かない。

「はぁ、はぁ……なんとか、やったみたいだな」

オオカミの死体の下から這い出してきたマルクが、荒い息で問いかける。

「うん、なんとかね……」

ユリアナも刀を収めると辛そうに答えた。

「一体、何だったんだろうな……」

立ち上がったマルクは、オオカミの一部を剥ぎ取った。ギルドへ持っていけば、何か分かるかもしれない。

「とにかく、帰ろう……」

もう体力的に限界だった。緊張が途切れたせいなのか、倒した瞬間から身体が重いのだ。

「うん……」

ユリアナも元気がない。ふたりはフラフラになりながら、都市を目指して歩き出した。

九話　制約のためだから

ユリアナが目を覚ますと、知らないベッドの上だった。

（どこっ!?）

反射的に身体を起こすと、全身に怠さを感じた。体力を使い果たした後の気怠さだ。

それでも、真っ先に周囲を確認する。マルクは……と見回すと、隣のベッドで寝ていた。

（よかった……）

見たところ大きな怪我はなく、寝息を立てている。

（たしか……あっ!?）

状況を把握しようと記憶を辿ったユリアナは、ここまでにあったことを思い出した。

（グリコフ達がやられて、変な紫色のモンスターが出て……なんとか戻ってきたんだっけ）

どうにかダンジョンを抜け出して、這々《ほうほう》の体《てい》で都市まで帰り着いたのだ。

怪我や疲労以上に体調が悪く、ギルドまで戻った途端に倒れ込んだ気がする。

ユリアナのおぼろげな記憶では、彼女のほうが先に力尽き、帰りの最後は意識もほとんどないまま、マルクに肩を借りてなんとか歩いていた。

（どのくらい寝ていたんだろう？）

時間感覚も曖昧だ。ユリアナは隣のベッドで眠るマルクへと目を向けた。

（マルクもまだ起きてないみたいだし……あっ！）

そこで大切なことに気づく。

どのくらい寝ていたのかわからないが、マルクは遺跡内で魔術を使っている。

制約は大丈夫だろうか。遺跡内なので正確な時間など分かっていない。

誰かに聞いてみようにも、この部屋にはユリアナとマルクしかいなかった。見たところ大きな怪我もないし、命に別状はないと判断して、誰もつきっきりにはなっていないのだろう。

マルクが起きる気配はない。帰路はユリアナを支えて歩き無理したぶん、疲れていたに違いない。

「マルク……」

ユリアナは小さく呼びかけてみる。制約のこともあるし、状況も確認しないといけない。

けれどそんな小声で起きるのは無理なほど、マルクの眠りは深かった。

ここまでぐっすり寝ていると、無理に起こすのが忍びなくなってくる。

とりあえず安全な場所にいるのだし、普通ならユリアナもこのまま寝直すところだ。

だけど、制約はどうだろう。疲れているし、このまま眠ってしまえば、次にいつ目が覚めるかわからない。

もしかしたら、もう時間に余裕がないのかもしれない。

（万が一にも《職業》を失ったら大変だし……）

一緒に探索者になる、というのは彼女が小さな頃から言い続けていたことだ。ただ、正直なところ、彼女は別に探索者になりたかったわけではない。

マルクと一緒にいるための理由の後付けだった。それに村で《職業》持ちだったのはユリアナとマルクだけだ。だから、自分達だけの特別な繋がりとして、探索者という言葉を選んだに過ぎない。

一緒にいられるなら、別に探索者でなくてもいい。

（それこそ、結婚してふたりで静かに暮らすだけでも……）

結婚、というワードが浮かんできて、ユリアナは勝手に照れて顔を赤くしていた。

だけど、今は奴隷だ。当分探索者はやめられないし、探索者を続けるなら《職業》はあったほうが生存率がぐっと上がる。

「ねぇ、マルク」

彼女はもう一度声をかけてみる。だが、マルクからの返事はない。

（ぐっすり寝てる……）

少し待ってみても、彼が起きる気配はない。

「マルクを起こすのもかわいそうだし、《職業》をなくしたら大変だから、しょうがないよね？」

言い訳をするように口に出して、ユリアナは自分のベッドを降りた。

ひんやりとする床を感じながら、マルクの眠る隣のベッドへと上がる。

そしてそっと彼の上からシーツをどけた。

「……起きないなら、わたしが勝手にしちゃうよ？」

その声はとても小さく、もう彼を起こそうという意志は感じられなかった。

マルクは当然のように反応せず、やや緊張したユリアナは、寝ている彼のズボンにそっと手をかけた。

（なんだか、すごいドキドキする）

いつもは同意の上だし、むしろ彼のほうが照れている。

ユリアナだってもちろん恥ずかしいのだが、それ以上に、照れつつも気持ちよくなっている彼を見ているのが好きだったのだ。

だけど今、寝ているマルクは恥ずかしがることもせず、彼女だけが行為に及んでいる。

無防備なその姿と、いけないことをしている感覚がユリアナを高ぶらせた。

下半身の服を脱がせると、まだ小さなままの男性器が姿を見せた。

柔らかなその棒を、ユリアナの指が摘み上げる。

普段は「制約のためだから」という姿勢を崩さず、あくまで必要なことだと割り切っているように見せている……つもりのユリアナだが、内心はいつでも興味津々だった。

好きじゃなかったら、こんなことはしない。

ふにふにと弄んでいると、徐々に竿が硬さと体積を増してくる。

「わっ……大きくなってきた」

まだ完全ではないものの、マルクのそこは大きくなって手に収まらなくなっていた。

彼が寝ていることもあり、今は体面を取り繕う必要がない。

ユリアナは興奮を隠さずに、その愛しい肉竿を観察した。

「この出っ張りのところが、気持ちいいんだよね」

カリの部分を、細い指が撫で上げる。するとガチガチになっていた肉竿が反応を示した。

「あっ、ピクってしたっ……！」

更に裏筋のところを指先で擦り上げると、眠ったままの彼は素直に反応する。

「あとはたしか……はもっ！」

ユリアナは剛直の先っぽを口に含んだ。

話に聞いたことのあるフェラチオだ。

「んんっ！」

「っ⁉」

粘膜内に咥えられた気持ちよさからか、マルクが寝ながらも声を上げる。

起きてしまったのかと警戒したユリアナは、肉竿を咥えたまま彼の様子をうかがった。

足の間に屈み込んだ体勢で顔を上げたため、上目遣いになっている。

竿を咥え込んだままのその仕草は、とても性的だ。

マルクが起きていれば、思わず欲望のまま腰を動かしていたことだろう。

「寝てる、よね？　わっ……！」

咥えたまま喋られて、唇がピタピタと竿を愛撫する。

その気持ちよさに、寝ているマルクのそれが跳ねた。

「マルクは寝てるのに、こっちはこんなに元気なんだね」

根元の部分をそっと扱き上げる。そして彼女は咥えているだけではなく、本格的にフェラを開始した。

「れろ、ペロペロ……ちゅぶっ、あもっ！」

舌で舐め上げ、先端をほじくり、半ばまで飲み込むと唇をすぼめて引き抜いていく。

「んっ！　……ぐ、ぁ……」

「マルク、感じてくれてるんだね」

肉竿が動き、寝ている彼が小さく喘ぐ。

マルクに痴態を見られる心配はないので、ユリアナはどんどん大胆になっていく。

「はぁ、はむっ……あぁ……んっ……わたしも……」

いつもは隠しているつもりの興奮を抑えず、肉竿を咥えたまま、片手を自分の下着へと伸ばした。

「んうっ！」

くちゅり、と下着に染み込んだ愛液が音を立てる。

マルクの肉竿を咥えたことと、寝ている彼を襲っている興奮とで、彼女のそこはもう愛液を溢れさせている。

制約の相手をしているときはいつも濡れてしまうのだが、なんとかマルクの相手を終えるまで我慢できていた。そうして、あとでこっそりと自分を慰めていたのだ。

だけど、今日は無理だった。

アソコはもうトロトロで、切ない疼きが収まらない。

「あっ！　あっ！　ダメッ……マルクが起きちゃうかもしれないのにっ！」

一度触ってしまうと止められない。

彼女は割れ目をクチュクチュといじりながら、肉竿を舐め回す。

次々に溢れ出てくる我慢汁を舐め取りながら、指先は自身の蜜壺を刺激していく。

「じゅるっ……あぅっ！　ここも、ひぅぅっ！」

敏感な肉芽を擦り上げると、ユリアナの身体から力が抜けてしまう。

体勢が崩れ、喉まで肉竿が入ってきた。

口いっぱいに男のものを頬張り、ユリアナの顔はメスのものになっていた。

(お口の中、犯されてるっ……これが今みたいに、わたしのアソコに入ってくるんだ……)

口ではあるが、穴に肉竿を咥え込んだことで、自分の膣内に入ってくるのをより鮮明にイメージすることができた。

まだなにも受け入れたことのない膣内が、切なさにきゅうっと締まっていく。

指先がクリトリスを撫で回し、軽く押しつぶした。

「もごっ、んっ……んぅぅぅっ！」

肉竿を咥えこむことで声を殺しながら、彼女は絶頂した。

ビクッ！　ビクンッ！

身体を揺らしながらも、肉竿には吸い付いたままだ。

「んふぅ、れろれろ、ペロッ！　じゅぶっ、じゅるるっ！」

息を荒くしたまま、肉竿を舐め回しては吸い上げる。

もしマルクが目を覚ましていて、この光景を見ていたらもう、それだけでイっていただろう。

寝ている今は視覚からの興奮がないため、いつもより快楽に呑まれにくくなっているのだ。

それでも、先に絶頂したユリアナの発情臭は彼の鼻へと入り込み、男の本能を掻き立てている。

興奮に任せたユリアナのフェラも、着実にマルクを責め立てていた。

「あっ、お汁が濃くなってきてる……ペロッ！　そろそろかな」

マルクの反応がないのでいつもよりは分かりにくいが、肉竿は膨らんで我慢汁も次々に溢れてくる。そろそろ射精するのが伝わってきた。

ユリアナは顔を前後に動かしながら、敏感な裏側を舌で責めた。

「ベロベロっ……じゅぷっ、れろ、んんっ！」

快感に突き動かされたマルクが、無意識のうちに腰を突き出してきた。

喉まで肉竿を差し込まれ、驚いたユリアナが更に吸い上げる。

ビュクッ！　ビュルルルルッ！

「んぶっ、んうっ！」

彼女の口いっぱいに精液が吐き出されていた。

濃いザーメンの臭いが鼻のほうへと抜ける。

(あぅっ、すっごいエッチな臭い……それに、この味っ……)

ユリアナは特に意識せず、出された精液を飲み込んでいく。

(これが、マルクの味なんだ)

口にする食べ物として美味しいわけではないが、彼が気持ちよくなった証だと思うと不思議な満足感がある。

「ごっくん！」

最後に喉を鳴らして飲み込むと、ユリアナは身体を起こした。

「あぅ……あらためて考えると……」

ベッドの上では、下半身を出して寝ているマルク。収まりつつある肉竿は彼女の唾液まみれで輝いている。

彼自身は知らないまま、裸にされて射精させられてしまったのだ。

「で、でもっ、制約のためだからっ……」

お決まりの言い訳を口にして、ユリアナは自分を納得させた。

快感が収まると、今度は濡れた股の冷たさが気になってくる。

「あわっ！」

ベッドから降りると、彼女の腰をおろしていた場所はぐっしょりと濡れてしまっている。まるでおねしょのあとみたいだった。

「うぅ……」

下着も当然ぐっしょりで、履いてなどいられない。彼女は愛液まみれの下着を脱ぐと、ひとまず近くにあった布でマルクやシーツを拭っていく。

完璧とはいかなかったが、これ以上はどうしようもない。

ユリアナは現実逃避気味に、もう一度寝てしまうことにした。

十話　無事に帰還

「う……あ……」

ぐっすりと眠ったマルクが目を覚ます。ギルドの病室内には夕日が差し込んでいた。

昼過ぎになんとかここまでたどり着いたときはくたくただったのだが、なんだか妙にスッキリとしている。隣のベッドでは、ユリアナが小さく寝息を立てていた。

思いがけず爽やかな気分で、マルクは外の夕焼けを眺める。

だが、夕日とそのスッキリ感がマルクを焦らせた。

「今は一体いつだ？」

一日以上も寝ていたとは考えにくい。けれど、あれだけボロボロだったのだ。そのくらい寝ていたとしても、おかしくはないのかもしれない。

マルクには制約がある。もしかしたら、手遅れかもしれない。

ギルドの病院で安心できるということもあり、マルクはベッドから起き上がった。

そして病室を出る。ギルドの病院は、簡素な造りながらそれなりに大きい。

長い廊下を、マルクは人を探して歩いていく。

「あら？」

廊下の向こうからマルクを見つけた看護師が、小走りに近づいてきた。

「目が覚めましたか？」

「ええ。ありがとうございます。……それで、俺はどのくらい寝てましたか？」

彼女は少し考えて、答えた。

「半日くらいですね。もうお身体は大丈夫ですか？」

「ええ、ありがとうございます。状況もわかったのでもう少し、休ませてもらいますね」

「はい。では先生を呼んできて病室に伺います」

一安心したマルクは看護師と別れ、再び病室へと戻ると、先程まで眠っていたベッドに横になる。

「ん……ぅ……」

隣のベッドで寝ているユリアナが、小さく寝返りを打った。

そのせいでシーツが捲れ上がり、彼女の太腿が見えた。

動きやすく短いスカートから伸びる、白い太腿。

いつも目にしているはずのそれなのだが、今日はなんだか目を惹かれてしまう。

その奥へと視線を向けかけて、マルクはその考えを振り払うかのように、乱暴に首を振った。

そして深呼吸。

制約までは、まだ時間がある。あとでユリアナに頼むことになるが、そんなに焦る必要はない。

マルクが邪念を振り払っていると、先程の看護師が医者を連れてきてくれた。

「調子はどうだい？　どこか、おかしなところとかは？」

「いえ、大丈夫です」

「ちょっと服をあげて」

医師はテキパキと一通りの診察を終え、マルクの様子を観察していた。

遺跡からふらふらになって戻ってきたわりに、マルク達に外傷は少ない。

診察してみても問題はなく、医師は頷いた。

「大丈夫そうだね。一応、もしまた具合が悪くなったら顔を見せてね。それとギルドのカウンターで状況を説明してもらいたいそうだけど、明日以降にしておくかい？」

「いいえ、今日で大丈夫です。あとで伺います」

「わかった。それじゃあそう伝えとくよ。もう少し休んで、帰るときになったら声をかけてくれ」

「はい。ありがとうございます」

診察を終えた医師は、看護師と共に病室を出る。

マルクはユリアナが目を覚ますのを待って、ギルドのカウンターへ向かうことにした。


「――ということなのです」

マルクはカウンターへ行くと、自分達に起こったことを説明した。

普段とは違う、紫色をしたモンスターのこと。

そのモンスターは通常よりも強く、グリコフ達がやられたこと。

「これが、そのモンスターの一部です」

その説明を聞いたカウンターの職員は、驚いた顔をしてふたりに告げた。

「ちょっと、待っていてくれ。今、上の人間を呼んでくる」

そう言って席を外した彼を見送って、マルクとユリアナは顔を見合わせた。

「一体どうしたんだろう？」

「新種かもしれないから、警戒してるのかな？」

確かにこの辺りでは見ない……どころか、聞いたこともないモンスターだった。オオカミ型のモンスター自体は何種類かいるが、紫というのは知らない。

あの様子だとギルドの職員ですら見たことがないようだ。

「新種とかだとけっこう、大事なのかな？」

「どうなんだろうね。遺跡はいっぱいあるし、変わり種だって、たくさん見つかってそうだけどね」

ずっと奴隷だったこともあり、ふたりはあまりギルド職員や他の探索者との交流がない。

だから、習慣や常識についてもあまり知らないのだ。

実際、新種のモンスターというのはそんなに珍しくない。危険度を設定するため、強さや特徴などを詳しく聞かれることはあるものの、職員が驚きの表情を浮かべるようなことではなかった。

ましてや、わざわざ上位の人間が出てくることも。

「君達が変異種を撃退した者か」

出てきた初老の男性は、白髪や皺こそ年月を感じさせる風貌だが、その気迫や服の下の筋肉は老齢を感じさせない力強さを誇っていた。

「変異種？」

問い返すマルクに、男性は頷く。

「知っていたわけではないのか。では、詳しいことは奥で聞かせてもらおう」

そう言って奥へ向かう老人。カウンターの職員は少し緊張しながらマルク達を案内した。

「それではこちらへどうぞ」

無理もない。ギルド職員である彼にとって、あの老人、ギルド長は上司の上司なのだ。

道行きでそれを聞いたマルク達も緊張しながら、ギルド長の部屋へ向かったのだった。

「そこに座ってくれ。わざわざ奥まですまないな」

普段座ることのない、高級なソファーに腰掛けたふたりはテーブルを挟んだギルド長を見つめる。

カウンターにいたのとは他の職員が、三人にお茶をもってきた。

「君達が撃退したのは、我々が変異種と呼んでいる特殊なモンスターだ」

ギルド長の言葉を、マルク達は黙って聞いていた。

「ここ最近報告されるようになった個体で、とても危険なものだ。ベースとなっているモンスターは何種類かいるのだが、変異種はすべて紫色で、元のモンスターよりも強力で凶暴になっている」

確かに、通常のオオカミ型モンスターよりも明らかに強敵だった。

「これまで何件か目撃情報があり、調査を進めていたのだが、正面から戦って生き延びた者はいなかったのだ」

すでに何名かが犠牲になったのだろう。ギルド長は悲痛な面持ちだ。

「だから、より詳しい話を聞かせてほしいと思ってな」

ギルド長の要望に答え、マルク達はあの紫オオカミについて、分かる限りの説明を加えた。

攻撃力がとても高く、人間の身体など容易く抉ってしまうこと。反応速度も速く、こちらの攻撃に素早く対応してくること など。

説明を受けたギルド長は深く頷いた。

「ありがとう。貴重な情報だ。それに、君達が持ち帰ってくれた変異種の一部を買い取らせてほしい。ギルドで研究に使いたいのだ」

「ええ、もちろんです」

ギルド長の提案に、マルクは頷いた。

そんなに大事になるとは思っていなかったが、持ち帰ったものが役に立つなら何よりだ。

「それと、君達の今後についてだが……」

ギルド長の目は、ふたりの刻印へと向く。

「個人に所有されたり、再び奴隷商のもとへ行ったりするのではなく、ギルドに所属しないか？

変異種の件もあるし、ふたりの力を借りたいのだ」

その提案に、マルクはユリアナのほうを見た。彼女は「一緒ならどこでもいいよ」と目で伝えてくる。

個人の探索者に使われるよりは、ギルドの奴隷になったほうがいいのは間違いない。

身分としては奴隷のままだが、行動の幅はぐっと広がる。遺跡内で危機に陥ったとき、強制的に一番危険な役回りになることも少ない。それに、空き奴隷はいつ勝手に契約されるか分からない危険をはらんでいる。ギルドの仕事に就いておくのが正解だろう。

「わかりました。よろしくお願いします」

だから、マルクは頷いた。

「うむ。では、これからよろしく頼むぞ」

そう言って、ギルド長は奴隷の刻印に触れ、術式を起動させる。

淡く光が発せられ、ふたりは空き奴隷からギルド所有の奴隷になったのだった。

十一話　とりあえずの自由

「それでは、まず準備金を渡そう。それで今後は、変異種についての調査をお願いしたい」

「わかりました」

マルクは頷く。これまではグリコフにすべて管理されていたが、これからはこうして自分達にお金が渡されるのだ。仕事はギルドからのものを受けていく形になるが、自由の範囲は大幅に増える。

「宿はとりあえず手配しておく。どこを拠点としているか報告だけしてくれれば、場所は移っても構わない」

ギルド長は職員に声かけて、準備金と宿への地図を持ってこさせた。

それをマルク達へと渡す。

「すまないが、変異種の分は後日の用意になってしまう。少々特殊なケースなのでな。変異種との戦いで装備も傷ついただろうし、これからは慣れていた編成からも変わる。明日は準備金を使って、再び遺跡に入れるように支度をしてくれ。探索は、明後日から頼む。その帰りまでには、変異種の分の支払いも用意しておこう」

「はい」

ギルド長の言葉に、マルクは頷く。

「探索の場所や内容はこちらから指示することもあるが、基本的には、得られた発掘品やモンスターの素材は君達のものにして大丈夫だ。それに、我々の依頼が最優先であることさえはっきり告げておくのなら、他の人間と一時のパーティーを組んでも構わない」

ギルド所属の場合、奴隷と言っても本当に奴隷扱いされるわけではないらしい。でも当然、普通の探索者とは違い、立場上断れない依頼というのは回ってくるだろう。

その都合上、引退する自由はない。けれどその他は、ほとんど一般の探索者と同じようだ。

挨拶を終えて、マルク達はギルドを後にした。話が長くなったため、もう日は落ちて空は藍色になっている。昼に比べて人がまばらな通りを、マルク達は並んで歩いていた。

「なんだか、変な感じがするね」

ギルドからもらった準備金の入った袋に目を向け、マルクが呟く。

「今日は、いっぺんにいろんなことがあったもん」

隣でユリアナがそう答える。

彼女の言葉を聞いて改めて考えると、今日は本当にいろんなことがあった。

メンバーを足して遺跡へのリベンジ。そこで大量の発掘品を見つけたまではよかった。

けれど、先日苦戦したモンスターに再遭遇し、ふたりだけでなんとか撃退。

一日の探索なら、このあたりまでで十分だ。

しかしその後も、変異種と呼ばれるらしい紫色のモンスターと遭遇してしまった。

元のモンスターとは明らかに違う戦闘力に、主人であったグリコフが死亡。

なんとか撃退して街へ戻ると、今度はギルドに所有されることになった。そのおかげで、同じ奴隷という立場といっても、これまでよりも自由度がぐっと増す結果になった。

今のマルク達は、お金に困って探索者になった普通の人と、ほとんど変わらない状態だ。たった一日で、いろんなことがありすぎた。

「なんだか、まだ実感がないな……」

そう呟く彼に、ユリアナは笑いかける。

「素直に受け止めていけば、そのうち慣れるよ」

「そうかな」

マルクはなんとなく笑い返した。ふたりは宿を目指して、そのまま街を歩いていく。

「あ、そうだ」

いろんなことがありすぎてまだ頭が追いついていないが、これだけは忘れてはいけない。

「宿についたら、また制約をお願いしてもいいかな」

二十四時間までは、まだ余裕がある。だけど眠って明日になってしまえばすぐだ。

「う、うん……」

いつもとは違い、ユリアナは顔を赤らめながらもじもじとしだした。

スカートを押さえて、太腿をこすり合わせるように動く。

それにはいくつかの理由があったが、マルクにはわからないことだった。

「どうしたの？」

いつもは「しょうがないなぁ」と言いながらも協力的なユリアナだ。この新鮮な反応に、マルクは戸惑いながら尋ねた。嫌がるのとは違うその反応は、なんだかマルクの欲望を刺激してくる。

誘うような反応に、オスの本能として追いたくなってしまうのだ。

あくまで制約のためだと、ぐっと気持ちを抑えながら、マルクは彼女と並んで歩いた。

†

（うぅ……どうしよう）

ユリアナは羞恥と興奮とでモジモジとしながら、隣を歩くマルクに目を向ける。

ギルド付きになって生活が変わるからか、彼はなんだか表情を引き締めてキリッとしていた。

そんな状態では、ただでさえ言い出しにくいことを、余計伝えにくく感じてしまう。

（本当はもう、制約は問題ないんだけどな……）

ギルドの病院で目覚めたとき、時間がないかもしれないと焦ったユリアナは、誰かに確かめることもせず、早とちりで寝ている彼を襲ってしまっていた。時間は十分にあったのだ。

当然、寝ていたのだから彼は知らないだろう。だけど、ユリアナははっきりと覚えている。

（あぅう……）

マルクが寝ているのをいいことに、普段よりも大胆に、口を使って愛撫してみたことを。

手や胸を使っての愛撫も興奮したが、口となると更にすごい。

咥えているから彼のにおいもはっきりと感じられるし、実際にアソコに入れられたらどんな感じなのか、手や胸よりも鮮明に想像することができる。

そして、口を使うのはなんだかいけないことをしている気がして、更に興奮したのだった。

「んっ……あっ……」

小さく呟いて、腿をこすり合わせる。思い出しただけで、雫がこぼれて腿を伝った。

(バレてない、よね?)

マルクのものを咥えながらオナニーしたせいで、彼女は下着をびちょびちょにしてしまった。

とても履ける状態ではなかったので脱いで、今はタオルにくるんで荷物の中に入れてあった。

つまり、ユリアナの秘密の割れ目は今、短く頼りないスカート一枚に隠されているだけなのだ。

強い風が吹いたり、高めの段差を上ったりすれば、彼女の大切なところはあっさりと見えてしまうのだ。

(んぅ……)

普段ならそんな状態、恥ずかしすぎて警戒するだけだ。けれど、マルクへのフェラチオを思い出していた彼女は、そんな危うさや羞恥までも興奮に変換してしまう。

(マルク、きっとびっくりするよね)

街中を下着無しで歩くなんて、変態のすることだ。当然、ユリアナにだってそんな趣味はない。

これは下着が無かったから、仕方なくしていることなのだ。

(んっあぁ……なのに変な気分になっちゃう……)

「大丈夫? もしかして、具合悪い?」

「う、ううん。大丈夫だよ」

心配げなマルクに、ユリアナは笑顔で首を横に振った。

そうだ、制約はもう問題ないって、早く言わないと。

早とちりして勝手にしてしまったのは恥ずかしいことだけど、さっとマルクは分かってくれるはずだ。羞恥に顔を染めながら、マルクへ目を向ける。彼もこちらを向いたので、口を開こうとしたとき、風が吹いた。

「きゃうっ！」

「わっ！」

いざとなると反応は早く、ユリアナは素早くスカートを抑えながら、風から逃げるためマルクに抱きついた。

（や、やっぱりいざとなると……ありえないよね、街中でその、スカートの中を見られちゃうとか）

恥ずかしさのあまり、誰に聞かれているわけでもないのに、頭の中でさえ自分の状況をぼかしてしまう。

「ゆ、ユリアナ……？」

風が吹いただけでいきなり抱きつかれたマルクは、混乱しながら彼女へ目を向ける。

「は、早く宿にいこっ！」

事情を説明できるはずもないので、ユリアナはごまかしてマルクの手を握り、彼を宿へと引っ張ろうとした。

けれど、そこで思い直す。今、大股で歩いたり走ったりするのは危険だ。勢いで手は握ってしまったものの、彼女の歩幅はすぐに小さくなり、ただ手を繋いだだけになってしまった。

「じゃあ、いこうか」

結局マルクに手を引かれて、彼女はおとなしく宿へ向かったのだった。

制約のことは言い出せないままだった。

十二話　制約じゃない繋がり

（い、一体、どうなってるんだろう）

マルクは宿の一室で、ユリアナを待っていた。

彼女は今、シャワーを浴びている。マルクは先にシャワーを浴びて、ベッドに腰掛けていた。

今日の彼女はなんだか様子が変だ。

妙に甘えてくるというか、色っぽいというか……。

風が吹いただけで急に抱きつかれたり、いつもとは違い手を繋いでゆっくりと歩いたり。

具合が悪いのかと心配もしたが、むしろ元気みたいなのが不思議なところだ。

マルクは混乱していた。

いつもと違う彼女の姿に、なんだか甘酸っぱいときめきを感じてしまう。

元気で世話焼きな彼女も好きだが、しおらしい彼女もドキッとする。

（なんだか、すごく落ち着かないな……）

制約のために彼女に抜いてもらうのはいつものことだ。

奴隷として買われてからは探索者として駆り出されるようになったので、魔法を使う機会も圧倒的に増えた。

その分ユリアナに頼ることも多くなったのだ。

しょうがない、と言いつつ慰めてくれるユリアナは様々な面倒を見るときと同じ、楽しそうな顔をしてくれている。

けれど、今日の彼女は少し違った。

明るく楽しそうというよりは、もっと艶っぽい。

理由は分からないが、いつもとは違うユリアナの様子に、マルクの緊張は高まっていた。

お風呂のドアが開き、ユリアナが出てきた。バスタオル一枚の姿で。

「っ!?」

思わず息を呑む。

行為の最中に服がはだけ、肌が見えてしまうことはこれまでもあった。

けれど、ここまで際どい格好は初めてだ。

シャワー直後ということもあり、白い肌は上気して淡いピンクに染まっている。

「そ、そんなにじろじろ見られると恥ずかしいよ……」

「ご、ごめん……」

バスタオル姿のユリアナを凝視していると、彼女は小さく身体をひねりながら恥ずかしげに口にした。

その仕草にマルクの胸は高鳴った。思わず彼女に駆け寄って、抱きしめたくなる。

はやる気持ちを押さえて、彼女がベッドまで来るのを待った。

ユリアナはゆっくりと近づいてくると、ベッドへと上がる。足を上げたときにタオルの裾が捲れ上がり、その奥が見えそうになってしまう。

マルクは思わず視線を向けてしまったが、残念ながら陰になって見ることはできなかった。

近づくと、彼女からは石鹸の匂いがする。大きな胸はバスタオルの上からでもはっきりと存在感を持っていて、谷間もバッチリと見えていた。

期待のため、彼の肉竿はもうパンパンに張っていてズボンを押し上げている。

ひと目で分かるその膨らみに、ユリアナも目を奪われていた。

「マルク、もうすごいことになってるね」

「ああ……」

ズボンの上から先端を撫でられて、マルクが肯定とも喘ぎともつかない声を上げる。

ズボン越しに動く手には、少し迷いが見られる。マルクはその原因を探ろうとするものの、決意を決めたユリアナは素早く次の行動に移った。

「じゃあ、ズボン脱がせちゃうね」

彼女は慣れた手つきでマルクのズボンと下着を下ろしていく。

すぐに勃起した肉竿が飛び出してきて、ユリアナは熱いそこに手を触れた。

肉竿を柔らかく掴み、ゆっくりと上下させながら彼女はマルクの様子をうかがった。

「どうしたの？」

それに気づいたマルクは、彼女に問いかける。

「実はね……」

ユリアナは言いづらそうにしながらも、言葉を続けた。

「その、制約なんだけど……」

肉竿をしごかれながら上目遣いに見つめられて、マルクは小さく頷いた。

「目が覚めたとき、時間ないかもって焦って、実はもうやっちゃったの……」

「え？　それって……」

マルクには、何かをされた記憶がない。寝ている間のことだったからだ。

そこで、ユリアナは動きを止めると肉竿から手を外した。

「ごめんなさい。一応声はかけたんだけど、疲れてるみたいだったから」

「いや、ありがとう」

制約は重いものだ。マルクの目が覚めていようと気絶していようと、容赦なく時間は来てしまう。

だからユリアナの行為は、マルクにとって悪いものではなかった。

「だから、今日はもう大丈夫なの。でも……」

ユリアナはマルクの勃起竿に目を向ける。そこはもうガチガチに硬くなって、天を向いていた。

「言い出すのが遅れてごめんね。こんなになっちゃったら、このまま辛いよね？　だから……」

ユリアナは肉竿を軽く握ると、マルクを見つめた。

「制約とは関係なく、抱いてほしいの……」

ギルド所有になって、これまでの奴隷とは暮らしが変わることも影響していたのだろうか。

決心したユリアナのおねだりに、マルクの理性はショートした。

バスタオル姿の彼女を、そのままベッドへと押し倒す。

倒れた時に、裾がはだけて、眩しい太腿が露わになった。

「んっ……」

仰向けに押し倒されたまま、ユリアナがマルクを見上げる。

その巨乳が柔らかそうに揺れ、タオルが際どいところまで緩んだ。

「じゃあ、脱がすよ……」

宣言してからマルクはバスタオルに手をかける。

そっと解いて広げると、一糸まとわぬ彼女の肢体が飛び込んできた。

存在感のある巨乳は、柔らかそうに揺れている。

きゅっとしまった腰のくびれから、白いお尻と脚が伸びる。

彼女の裸をしっかり見たのは、子供の頃以来だ。

魅惑的な巨乳はもちろん、どの部分もその頃とは違う。

くびれからお尻への広がりはとても官能的だし、一本線でしかなかった割れ目も、今は淫らな花としての役割をちゃんと持っていた。

さらに彼女のそこは、もう濡れ始めていた。

マルクより前から心の準備をしていたためか、彼女のそこはもう期待に潤んでいる。

「触るよ」

「ひうっ！」

宣言してから、マルクはその割れ目を指でなぞりあげた。

ユリアナが可愛らしい声を上げる。

「マルクの指が、わたしの大事なところにっ……」

彼女の入り口に、指を侵入させる。

それだけで中の襞が吸い付いてきた。

指でさえ気持ちいい。

ここに肉竿を入れたら、どうなってしまうのか。

ふたりの好奇心と興奮は、すぐ結果として出る。

「んっ、あっふぅっ！　ね、ねえ、わたしも準備できたし、もう……」

頷いたマルクは、ユリアナのそこから指を引き抜く。

慎重に刺激していたため、濡れているのは指先くらいのものだ。

まだ生娘だということもあり、あまり奥には指を入れられないのもあった。

最初に貫くのはやはりこっちがいい、とマルクはガチガチの肉竿を、よだれを垂らす彼女の膣口に押し当てた。

「んぁっ！　硬いの、入り口をぐりぐりしてるっ……！」

「いくよ……」

「うんっ、きてっ！」

いよいよ繋がるのだ。

マルクは慎重に腰を押し進めた。

「んっ、あぁぁぁっ！」

指でほぐれた入り口に、先端が忍び込む。

そしてすぐに、まだ誰も入ったことのない膣内に、肉竿が埋まっていく。

「あっ、はっ、ぐぅ……マルクのが、入ってきてるっ……」

狭い膣道をグイグイと割り入って、硬い肉竿が奥を目指していた。

充分に愛液が溢れていることもあり、挿入は滞りなく進んでいく。

やがて、肉棒の先端が彼女の奥を突く。

「あうぅぅっ！　一番奥まで、きてるっ……マルク！」

彼女の手が背中に回され、マルクの肩をギュッと抱きしめた。

ユリアナが落ち着くのを待って、マルクはゆっくりと腰を動かしだした。

「あっ、中っ……動いてるっ！」

「締め付けがすごいよ、ユリアナッ」

初めてとなる膣内の気持ちよさに、マルクはすぐにでも果ててしまいそうだった。

それでもイクのがもったいなくて、息を止めるようにして耐えながら、その快感を堪能していく。

「ぐっ、ああ……ユリアナ、大丈夫？」

快楽の渦に呑まれながら、彼女のほうは大丈夫かと気にかける。

見つめたユリアナは笑みを浮かべ、恥ずかしそうに言った。

「うん……マルクのものが動くと、わたしの中も擦り上げられて、気持ちいいのっ……！　想像してたよりも、いいっ！」

ユリアナがしっかりと抱きついてきて、ふたりの身体は更に密着する。

肉竿が奥を擦り上げて、子宮口をつついた。

「いうっ！　マルクぅ……それ、しゅごいっ！　あぁっ」

嬌声を上げる彼女が、ぐいぐいと身体を押し付けてくる。胸元ではユリアナの大きなおっぱいが潰れ、その柔らかさに理性が溶かされていく。

「あっ！　あっ！　イク、イクっ……あぁぁあああぁあっ!!」

身体をビクン、ビクンッ！　と震わせながら、ユリアナが絶頂した。

その瞬間に膣内がぎゅぎゅっと収縮して、マルクの肉竿を締め付ける。

ピッタリと貼り付いて震える襞にこすられて、マルクも限界を迎えた。

ビュクッ、ビュルッ！　ドピュッ！

「あうっ！　わたしの中に、出てるっ！　熱いの、いっぱいぃぃっ！」

絶頂直後の膣内に中出しザーメンを受けて、ユリアナの身体がまた震える。

頭の中まで真っ白になり、彼女の身体から力が抜けた。

「う……すごいな、これ……」

マルクのほうも膣内での射精が気持ちよすぎて、一番奥に肉竿を挿したまま動けなくなっていた。

これまでも手や胸でしてもらっていたが、膣内は別格だった。

「マルク……、……き」

小さく呟いた彼女の声は聞き取れない。

ユリアナも、思わず出てしまった呟きを言い直すつもりはないみたいだった。

そのまま身体を重ね、ふたりは一夜を過ごした。

第二章　ギルド暮らし

一話　翌日

ギルドに所有されることが決まった翌日。

マルク達は装備を調えるため、街へ出ていた。

立て続けの戦闘と変異種が帯びていた毒素の影響で、ふたりの装備はガタがきていた。ユリアナの刀を除いて、そもそもがあまりいい装備ではなかったということもある。

そこでギルドでもらった準備金を使い、今のうちに装備を整えておくことになったのだ。

「まずは、刀を見てもらってもいい？」

「ああ、そうしよう」

ユリアナの刀は、マルク達が持つ装備品のなかでは唯一の値打ちものだ。

刀自体が珍しいこともあるが、彼女のものはそのなかでも質のいいものだった。

使い方の上手さもあるのだが、探索で酷使しても折れることなく健在だ。

しかしそうはいっても、やはりメンテナンスは必要になってくる。

「武器屋はこっちだったよね」

「ああ、探索に必要なものは、大体そのあたりで揃うはずだ」

そう話しながら街を歩いていた。

都市に住んでいる人間はもちろん、周囲の村から買い出しに来ている者もいる。

喧騒のなかをしばらく歩いてから、大通りの一本裏へと入る。

すると、途端に空気が変わった。

このエリアにあるのは、観光客や一般市民用ではなく、探索者用の店だ。

そのためか、少し荒っぽい空気が漂っているような印象を受ける。

ふたりはそんな空気に怯えることもなく、目的の武器屋を目指す。普通の武器屋とは、少し趣《おもむき》の異なる店だ。

「おう、いらっしゃい」

ここドミスティアは、この世界有数の大都市だ。

そのため、武器屋だけで何軒もある。

刀は他の街だと、そのレア度から取扱いのない店しかないことも多いのだが、ドミスティアなら専門店までちゃんとある。

その武器屋には幾振りもの刀が並べられており、西洋風の街中に於いて、浮くほど和のテイストに満ちていたことに、元日本人のマルクは最初、かなり驚いたものだ。

しかしそれは、ちょっと間違った和のイメージだった。

刀が掛けられていない壁には、『どすこい』とでもいうような文字の掛け軸が飾られている。その隣には、刀を大量に背負った力士が橋の上で仁王立ちしている水墨画風の絵があった。

（いや、この世界ではこういうものなのかもしれないけど……それにしても……）

「メンテナンスをお願いします」

マルクが異様な店内に目を奪われている間に、ユリアナは店主に声を掛けていた。

刀を受け取った店主は、鞘から刀身を引き抜く。

「ほう、いい刀だな。こいつの整備をすればいいのか？」

「はい、お願いします」

「わかった。刃こぼれもないし、打ち直しはいらないな。整備だけだから……昼過ぎには終わるだろう。その頃になったら取りに来てくれ」

「はい。お願いします」

刀を預け料金を払い、ユリアナが戻ってくる。

「おまたせ。……わっ、強そうだね」

弁慶と混ざっているとしか思えないような力士絵を見て、ユリアナが呟いた。

確かにどっちも強いだろうけど、混ぜたところでお互いの要素が邪魔し合う気しかしない。

ユリアナが訝しんでいないところを見ると、この世界の「和風」というのはこういうものなのだろうか……。そして、どこかにこんな国がほんとうに……。

元日本人のマルクにとっては奇妙でしかない力士が、浮世絵並の眼力で彼を見ていた。

用事も終わったので、ふたりは不思議な絵から目を離して武器屋を出たのだった。

「あとは、やっぱり防具だよね？」

「うん、一番重要だからね」

話しながら防具屋に赴き、並んだ商品を眺めていく。まずは店頭に並んでいる目玉商品をざっと見ていった。

防具屋も一軒ではないのだ。

探索者は休日も仕事量も自由なので、真っ昼間である今も、ある程度の客がいた。仕事時間を自由に決められるなら、買い物は混む時間を避けようと思うのも妥当だろう。

「お金を貰ったからって、重装備になるのもな……」

「うん。感覚が変わっちゃうよりは、同じような重量で効果の高めなものだよね」

マルクの呟きに、ユリアナは頷く。

目の前では頑丈そうな鉄鎧が、輝きを放っていた。これならかなりの攻撃を防いでくれそうだ。

しかし、これまでふたりとも軽装だったのに、いくら防御力が高いからといって、いきなりプレートメイルなど着込んではまともに動けなくなってしまう。

それよりは今と同じような材質、形のもので揃えたほうがいい。

「ただ、結構高くつくんだよな」

単純な厚手の金属に頼らないとなると、特殊な繊維を編み込んだり、特殊な加工ができる人たちの手による逸品が必要になってくる。

当然、値段は跳ね上がるのだ。

プレートメイルはもちろんそれなりの値段はする。しかし、防御力とのバランスだけを考えればかなりオトクなほうなのだ。

「でも、ここでケチっても危ないだけか」

「そうだね。やっぱりいざってときに変わってくるだろうし……うわぁ……」

ケチらない方針に賛同したユリアナだが、特殊繊維の防具の値段を見た途端声色が変わった。

理解はできるものの、突きつけられた現実に呻く。

「ま、まあ、最高級である必要はないからさ……」

最もいい装備は、所持金が桁二つくらい足りなかった。

《職業》持ちの職人達による特注品らしい。手間やレア度を考えれば値段そのものはボッタクリではないのだろうが、とても縁のない金額だった。これを装備してまで遺跡に潜る人は、探索に取り憑かれているとしか思えない。

気を取り直して、常識的な値段の装備を見ていく。

先程のような一点ものではなく、既製品だ。

「このくらいならなんとか……」

必要なのは防具だけだ。

そうなると資金はすべて回せるので、少しはいいものが買えるようになる。

ふたりはそれぞれ、今着ているものをベースに特殊繊維加工で防御力を上げることにした。

見た目こそこれまでと変わらないが、繊維を編み込んだことによって頑丈になるのだ。

「グリコフが資金繰りに苦労していたのも分かるな……」

思わず呟いたマルクだったが、ユリアナは首を横に振った。

「彼は最低限しか整えなかったじゃない」

「……そうかも」

言われてみればそうだったかもしれない。現に、新しくなった防具はこれまでのものより何段階もいいものだ。

ただ、その代償として、装備を整えると残るお金は二日か三日暮らせるかどうか、という程度だ。

「これからはギルドの探索者になるんだし、それでいいのかな」

その日暮らしというのも、探索者っぽくていいかもしれない。

防具をケチって大怪我すれば働けなくなるし、これは必要な投資だと割り切ることにした。

「これまでは、どのみち金なんて持ってなかったしな」

マルク達は、自分達の探索がどのくらいの稼ぎになっていたのかも知らない。

発掘品はグリコフ達が売りに行き、金にしていたからだ。

食事は与えられていたが、生活費もろくに知らない。ただ、探索をするための体力が必要だから、そこはあまりケチられていなかったはずだ。

グリコフ達はいつも飲みに行っていたし、誰かが死ねば、しばらくしてちゃんと新たな奴隷が連れてこられた。

そのくらいには儲かっていたのだろう。

人数は減ってしまったが、その分必要なお金も少ない。しばらくはふたり分の食い扶持をなんとか稼げれば問題はない。

「食事にしようか」

「うん、いいね」

防具屋で何を買うか選ぶのに結構時間がかかって、お昼過ぎになっていた。

一番混む時間は過ぎているからちょうどいいだろう。刀のほうは、もう少しかかるかもしれない。

マルクとユリアナは、新しい防具を手に入れて食事に向かった。

二話　ヨランダとの出会い

マルクとユリアナのふたりは、近くのレストランに入った。

「いよいよ明日からは、本格的に探索を始めるんだよね」

「ああ。ゆくゆくは人も増やしたいけど、とりあえずはふたりかな？」

食事をしながら、そんなことを話す。

《魔術師》であるマルクは後衛で、**《剣士》**のユリアナは前衛。バランスは取れているし、ふたりとも**《職業》**持ちなので、それぞれ他の探索者ふたり分くらいの働きはできる。

だから、ふたりきりでも充分にやっていくことは可能だったが、やはりシーフやレンジャーのような、索敵や補助の技能はあったほうが助かる。それに働き自体は複数人分できても、実際にはふたりだ。宝の運搬など能力以上に人数が必要になる場面というのもあるから、そうなると心許ない。

「頑張ろうね」

そう言ってユリアナは微笑んだ。

幼いころの約束。「一緒に探索者になろうね」というのが、ようやく真の意味で果たされるのだ。

「うん。そうだね」

マルクも力強く頷く。

「エルフの足なら逃げ切れると思ったのか！」

そのとき突然、店内に大きな声が響き、マルク達も何事かと注意を向けた。

「そんなつもりは……どうやら、お財布を盗られてしまったみたいで……」

大声を上げたのは、店員だったようだ。年齢もそれなりだし、店長だろうか？

怒鳴られていたのは、若い女性だった。

長く伸びた銀色の髪。優しそうな顔からは、のんびりとした雰囲気が出ている。言葉通りにエルフであれば耳が尖っているのかなとも思ったが、長い髪に覆われているし、そうでもなさそうだ。

その代わり、というわけではないのだが……彼女一番の特徴といえそうな、その胸が見えていた。

全体的に細い身体をしているのに、爆乳だけがどどん、と目立っている。

素早く動くことを得意とするエルフらしく、格好は軽装。そのため、大きな胸は服からはみ出しそうで、深い襟ぐりから魅惑的な谷間を覗かせている。本人の顔や雰囲気も合わせて、それはとても素晴らしい母性の象徴だった。強気な男性でさえも、彼女の前では甘えたくなってしまうだろう。

困った顔を浮かべた彼女が、もう一度自分の荷物を確認している。その間にも柔らかさそうに弾む胸に、本能的に視線が吸い寄せられていた。

「マルク？」

「な、なに……？」

明らかにマルクの視線はエルフの爆乳へ注がれていた。それを見咎めたユリアナが、いつもよりかなり低い声で彼を呼ぶ。

何食わぬ顔でやり過ごそうとしたマルクだったが、あまりの迫力に上手く答えられなかった。

他の男性客もやはりそこから目が離せないようで、なかには連れの女性に蹴られている人もいた。

「すみません、お財布を見つけたら払いに来ますので……」

「そんなこと言って、そのまま逃げる気だろう？」

店長の言うことも一理ある。女性からはそんな雰囲気は感じられないが、見た目なんて曖昧なことで決める訳にはいかない。同じような手段で、本当に食い逃げしようとする客もいるのだろうし。

「兵士を呼んで捕まえてもらう」

店長の発言に、エルフの女性は顔を青くした。

「軍は困ります！　その、どうにかそれだけは……！」

エルフやドワーフなどの亜人に対して、軍は過剰に厳しい面がある。

それぞれに素早さや力、器用さなど、人間よりも優れた部分があるから危険だというのだ。

そのため捕縛もきつく、取り調べも荒くなる。罪も重くなる傾向があって、酷い兵士になると亜人になら何をしてもいいと思っている者までいると聞く。

流石に、一般市民はそこまでエルフやドワーフにきつく当たるわけじゃない。普通に生きている分には、一部の過激派を除いて差別意識もさほど表立っては出てこない。

だがエルフやドワーフに犯罪者が出ると、それぞれの種族に抗議がいく。種族間の問題に発展してしまうのだ。そのため、罪自体は償い終えても、同族からそっぽを向かれることも少なくない。特にエルフは閉鎖的だから、外に出た挙句に種族の顔に泥を塗ったような者を排斥する傾向が強い。

詳しいことは分からなくても、軍とエルフの相性が悪いということは、一般市民でも知っている。

そこに必死なエルフ女性の懇願が加わり、店長も困ったような表情を浮かべた。

「そうは言ってもね……財布を盗られたことも、本当なら軍に言うべきだし、そしたら捜査してもらえるから、どっちにしても、な？」

先程までの強硬な態度から、かなり柔らかなものに変わる。しかし、やはり兵を呼ぶという結論は変えられないようだった。

「そんな……お願いします。なんでもしますから、どうか軍だけは……」

「そんなこと言われてもね……」

食い逃げを見逃せば、噂になる。そうすると食い逃げをする人間が増え、店の経営に関わるのだ。

エルフが軍と関わると大変なのは知っていても、自分の生活にはかえられない。

エルフの女性は考えを変えない店長を見て、今度は考え込み始める。

「これは良くないな」

「もう、マルクはお節介だよ」

「えぇっ、それをユリアナが言うの？」

そんな短い会話だけで、ユリアナとの意思疎通を終えてマルクが立ち上がる。

ここまで困って追い詰められているのを放ってはおけない。これはエルフ女性のためというのが一番大きいが、店長や駆けつける兵士のためでもある。

見たところ彼女は探索者だ。今はメインの武器を持っていないようだが、エルフは種族全体として身軽で捕らえづらいため、抵抗されれば一筋縄ではいかない。

そしてどんな種族であれ、この世界で生きるには、どこかで割り切りが必要になってくる。

店長が、エルフがどうなるか予想した上で、自らを守るため兵を呼ぶのと同じように、エルフの女性がなりふり構わず、捕まるのを避けようとする可能性もゼロじゃない。

そして探索者は、人の死にも、何かを殺すことにも慣れている。

（まあ、流石にそれは考えすぎだと思うけど）

店側はこれを見逃してしまうと、今回の料金以上の大きな損失を呼び込むから、譲ることはできない。だけど客の誰かなら、その料金分の損失だけでこの場を丸く収めることができる。

（だったら、それが一番だ）

「すみません。彼女の分は、俺が払いますよ」

歩み出たマルクが声をかけると、店長とエルフ女性が同時に彼へ目を向けた。

「い、いいのですか？」

エルフ女性が驚いた顔で尋ねる。

「まあ、困ってるみたいだし……」

「ありがとうございますっ！　ありがとうございますっ……！」

女性は救世主を見つけたかのように顔を輝かせて、マルクにお礼を言った。そこまで感謝されてしまうと、なんだか気恥ずかしくなってしまう。

店長はその様子を見て、気まずそうに咳払いをしてから頷いた。

「ま、まあ、お客様が払ってくださるというのなら、うちとしても問題はありません」

マルクは財布の中から、彼女と自分達の分を払う。

元々少なかったお金が更に減り、もう小銭くらいしか残っていない。

（この場合、仕方ないからね）

軍は軍で人間を守るために必死なのだから悪いというわけでもないのだろうが、女性の喜びようを見ていると、やはりエルフへの対応はかなり厳しいらしい。同じ食い逃げという罪でも、全然重さが違うのだろう。ひとまず問題が片付いて、マルクたちとエルフの女性は店を出た。

「じゃあ、わたしは刀を取りに行ってるね」

「うん、またあとで」

ユリアナは整備に預けた刀を取りにいくため、武器屋へと向かう。

「本当にありがとうございました。あなたがいなかったら、どうなっていたことか……」

エルフの女性は改めて深く頭を下げた。そして顔を上げると名乗る。

「私はエルフのヨランダです。このご恩は、必ず……」

そしてもう一度深く頭を下げる。

「俺はマルクです。そんなにかしこまらないでください」

恐縮しているヨランダに、マルクは困ってしまう。それを察したヨランダは、彼に合わせてかしこまった態度を止めた。

「本当にありがとうね」

今度はそう言って、笑顔を浮かべる。

マルクよりも年上で綺麗系の女性なのに、その笑顔はとても可愛らしくて言葉を失ってしまう。

近くで見ると泣きぼくろがあり、それがまた彼女に不思議な魅力を持たせていた。

思わず見とれていると、彼女はマルクの手を握った。

「あのっ、お礼をさせてほしいの……」

柔らかな手に包み込まれて驚く彼の手を引いて、ヨランダは細い道に入った。

三話　一部払い

ヨランダに手を引かれて、マルクは路地裏へ連れ込まれた。

普通なら警戒するところだが、ヨランダからはよからぬ気配は感じられない。

「こっちに何があるの？」

年上の女性に手を引かれるのが少しこそばゆく、マルクが尋ねる。

「人目を避けたいだけだから、場所はどこでもいいの」

ヨランダはマルクを振り向いて、微笑みを浮かべながら答えた。

やがて、ひと気もなく見通しも悪い突き当りにくると、ヨランダは自分が壁側に入って、身体ごとマルクへ振り向いた。もし、彼女が人のいないところで危害を加えるつもりだとしたら、自分が袋小路側にはいかないだろう。

「あ、あのね、引かないでほしいんだけど……」

ヨランダは恥ずかしそうにうつむきながら、そう切り出した。

「エルフは基本的に、借りを作りっぱなしにしちゃいけないって教えられてるの」

「そうなんだ？」

エルフについては詳しくないので、マルクは続きを促した。

「だけどもちろん、すぐには返せない借りもあるよね？　そういうときは、利子分だけ、気持ちだけでもそのときに返すんだけど……」

そこでヨランダは困った表情を浮かべた。

「今の私には、命を助けてもらったマルクに返せるものがないの」

彼女の言葉に、マルクは軽く首を振った。

「いいよ、そんなの。それに命だなんて大げさだよ。料理のお金は大した金額じゃないし、借りを返したいっていうなら、そのうち返してくれれば――」

「ううん！」

意外なほど力強く否定されて、マルクは驚く。

「エルフにとって、軍に引き渡されるのはほんとうに大変なの。一体、どんな目に遭わされるか……」

そういって、ヨランダは自分の身体を抱きしめた。

爆乳の彼女がそういう仕草をすると、両腕に押しつぶされた胸がぽよんと柔らかく形を変えて、服からはみ出してしまいそうになる。

「だから、金額以上に、マルクには大きな借りがあるの」

そこで彼女はいきなり膝立ちになった。そのままマルクを見上げる。

上目遣いに加えて、くっきりとした谷間もよく見える。

マルクはやましさに目をそらしたくなったが、男の性がそれを許さなかった。

「今の私にできるのはこれだけだから……あまり、上手くないかもしれないけど……」

そう言って、彼女は上着を脱ぐと、自らの胸元に手をかける。

抑え込まれていたバストが、ぶるん、とその大きさを誇るように揺れながら姿を現した。

「このおっぱいで、精一杯気持ちよくするからね」

「な、なんで……」

揺れる乳房から目を離せないまま、マルクはなんとか尋ねる。その間にも、ヨランダの手は彼のズボンへと伸びていた。

「その……今の私には、他に何もないから。——それに」

彼女はつん、とマルクの膨らみをパンツ越しにつついた。

「マルクも私のおっぱいに、興味あったよね？」

「う、うん……」

不安げなヨランダの問いかけに、マルクは素直に頷いた。

「わっ……はう……」

「い、息を吹きかけないでっ……」

下着を脱がした途端現れた剛直に、ヨランダが思わず息を漏らす。

その吐息を間近に受けて、マルクは切ない疼きを感じた。

「あ、ごめんね？　えっと、じゃあ、おっぱいで挟むね？」

「ああっ」

たっぷりと中身の詰まったふわふわの爆乳が、マルクの肉竿を挟み込んだ。

通常、パイズリは胴体に対して垂直に挟むのだが、ヨランダは真正面から肉竿を包み込んだ。

そのため、一番奥まで差し込むと、彼女の肋骨に先端が当たる。

そんな挟み方をすると、普通ならあまり動かせない。

だが、ヨランダの大ボリューム爆乳は、肉竿を飲み込んでなお動けるだけのサイズを誇っていた。

「あぅっ……お姉さんにまかせて、いっぱい気持ちよくなってね」

彼女が前後に身体を揺すりだす。

むぎゅ、むぎゅっと乳房を圧迫しながら、彼女はマルクを見上げる。

「あぁ……ヨランダ、こんなっ……」

未体験パイズリに、マルクの膝から力が抜けかける。

包容力のあるおっぱいに包み込まれて、安心感が全身を弛緩させるのだ。

甘えるように体から力が抜けるなか、肉竿だけは硬く力を増していた。

「んっ……はぁっ！　そんなに大きくしたら、収まりきらなくなっちゃうっ」

息を荒くしながら、ヨランダは身体を揺すり続ける。両手で乳房を押し込みながら、マルクの表情を窺った。

目が合って、マルクは更に耐えきれなくなる。

母性で包み込むかのような温かさのなかで、女としての熱さが顔を覗かせている。

「うあぁっ！　ヨランダ、待ってて っ」

時折、亀頭が肋骨まで届く。

包み込むような柔らかさの中に、ゴリッとした堅い感触。鋭い刺激がアクセントになって、マルクの肉竿に襲いかかる。

それは彼女自身と同じような、安心感と淫靡さの二面性だ。

「ああっ、もう、出るっ……！」

ドピュッ！　ビュルルルルッ！

「んぁぁっ！　熱いっ……これが、マルクの子種汁……私の胸の中にびゅくびゅくって飛んできてるっ」

爆乳から解き放たれた肉竿は、ドロドロに濡れていやらしく光っていた。

ヨランダは恍惚の表情で、胸にかかった精液を眺めている。

「あ、あの、マルク……」

ヨランダは立ち上がると、壁に手をついておしりを突き出してきた。

短いスカートが捲れ上がり、中の下着が見える。

奉仕で濡れたそこは変色し、縦筋の形をはっきりと示していた。

ヨランダは振り向いて、羞恥で顔を真っ赤にしながらおねだりした。

「私のここに、マルクのそれを入れてほしいの……」

ヨランダの理性は混乱しながらも、本能はしっかりと行動していた。

最初は少しでもマルクに喜んでもらうためで、あくまで彼のためだった。

けれど気づくと、自分も気持ちよくなるために、彼におねだりをしていた。

「あ、ああ……」

マルクはそう答えて、突き出されたお尻を撫でる。

「んうっ！」

胸に包まれているときは、母性としての熱があった。だが、今おしりを突き出している彼女は、先ほどとは一転、ひとりの女としての要素が強く出ている。

蜜壺から愛液を溢れさせ、男を誘っているのだ。

癒やして包み込むのではなく、今は自分が突き崩されるのを望んでいる。

マルクはヨランダの下着をずらして、割れ目を露出させる。

下着の中に閉じ込められていたフェロモンがむわっと香った。

はちきれそうな勃起竿を掴むと、トロトロになった入り口にあてがう。

そしてゆっくりと、腰を押し出していく。

肉棒は膣口を割り入って、その中へと侵入していった。

「あっ！　あっ、太いの、中にっ……」

ヨランダの膣内は、優しく包み込むように肉竿を受け入れた。

ふわとろなその中で、しかし襞は意外なほど力強く竿を擦り上げてくる。

「あ、ぐ……」

「後ろから、いっぱい突いてっ！　激しくしてほしいのぉっ」

優しげな声質と、その淫靡な言葉のギャップに、マルクの理性は決壊した。

請われるままに激しく腰を突き出す。

ズポッ、ヌチョッ！　ズブッ！　ズチュンッ！

蜜壺をかき回しながらの抽送。

引き抜くときにも襞が吸い付いてきて、そのたびに痺れるような快感が走る。

「あぁっ！　すご、私の中、ぐちゅぐちゅにかき回されてるぅっ！」

疲れる衝撃のまま、全身をガクガクと震わせて、ヨランダが嬌声を上げる。

「あぁっ！　ひぐっ！　ん！　あうっ！　あんっ！　腰、抜けちゃうっ！　立ってられなくなるぅっ！」

人のいない路地裏に、淫らな声が響く。

外での行為が、興奮をより高めていた。

「そろそろ抜くぞっ……」

限界が近くなり、マルクが腰を引き抜こうとした。だが、ヨランダは嫌々と首を横に振り乱した。

「ダメぇっ！　抜いちゃダメなのぉっ！　マルクの子種汁、私の中に出してぇっ！」

「あ、ぐっ……このっ！　ならっ！」

はしたないおねだりとともに、膣内もきゅうきゅうと締まる。肉竿を逃がさないその動きに、マルクも吹っ切れて腰を突き出した。

ビュクッ、ビュクンッ！　ドピュピュッ！

「んあぁぁぁっ！　あっあっ！　らめぇぇぇぇっ！」

中出しされた精液が、彼女の子宮に注ぎ込まれる。

ドプ、ドプッとザーメンを受け止めて、彼女は絶頂の潮を吹く。

「あ、あぁ……」

身体を支えきれなくなり、ヨランダはそのままズルズルとしゃがみこんだ。

肉竿が抜けると、二連続射精をしたマルクも力尽きて座り込む。

狭い路地裏には淫らな水たまりと、濃い性臭が残されていた。

四話　変異種の探索

「マルク達もやっぱり探索者なの？」

服装を整えたあと、表通りに戻ったところでヨランダにそう尋ねられた。

「うん。色々あって、今はふたりなんだけどね」

マルクはそう言って頷いた。

今日は遺跡に潜る予定もなかったので、大きな荷物こそ携帯していない。だが、服装や雰囲気を見れば探索者なのは分かる。

同様に、マルクもヨランダが探索者らしいというのは分かっていた。

見たところ、彼女も今日はオフだ。メインの武器を携帯していないらしく、短剣を帯びているだけだった。

「ヨランダは何人で探索してるの？」

探索者は人数もまちまちだ。

多ければ多いほど、ひとりあたりの負担は減る。ただ、その分稼ぎも分けあうから減るし、探索する遺跡が狭ければ、もたつく可能性も出てくる。

そのため、一般的には四人から七人くらいが多い。メンバーや戦術にもよるが、五人以上いると、ひとりは荷物持ちに徹することが可能になってくる。

探索者は発掘品を持ち帰って稼ぐので、荷物持ちの果たす役割は大きい。戦闘をせず、ただ限界まで荷物を運べる者がいるのといないのとでは、稼ぎがまるで違う。

グリコフのパーティーが平均より大人数だったのは、半分以上が奴隷で分前が減りにくいのと、盾の役割も持っていたからだ。

「私はひとりだよ。たまに、ほかのパーティーと組むことはあるけど」

彼女は表通りを行き交う人々――ほぼすべてが人間族――に目を向けると、小声で続けた。

「エルフだからね。継続的にパーティーを組むのは難しいことが多いの。分前のこととかもあるし、異種族だとトラブルに巻き込まれやすいから。……私がドジなだけかもしれないけど」

そう言って苦笑いした。

軍ほど明確な差別意識は向けていなくても、どこかに「自分達とは違うもの」という意識は残ってしまう。

お金に困ったとき、犯罪に走らざるを得なくなったとき、同じ人間族を狙うより、少し心理的なハードルが変わってくるのかもしれない。また、軍を頼りにくい、というのもあるだろう。

マルクは元日本人ということもあって、美しいエルフには強い憧れがあるが、この世界では少数派のようだ。

「一時的に組むだけなら、契約って割り切ってくれる人も多いし……それでも、たまにあとから難癖をつけて分前を減らされたりするけど」

そう言ったヨランダはやや悲しそうな表情を浮かべた。しかし、そこに怒りは見られない。

見た目通り、穏やかなタイプなのだろう。

そこで彼女は表情を切り替えて、マルクに尋ねた。

「マルク達は、どうしてふたりなの？」

パーティー人数が少ない探索者は、大体それなりの理由がある。

人と組むのが嫌だからソロ、という人もいるし、稼ぎの取り分が理由の人も多い。

もし稼ぎが理由なのだとしたら、そこで恩返しができるのでは、とヨランダは思ったようだ。財布をなくしたと言っていたのに、自分の懐具合をすっかり忘れている。

しかし、マルクの答えは、そんな彼女にとって都合のいいものだった。

「前回の探索で、ちょっとトラブルがあってね。所属していたパーティーを離れたんだ」

「そうなの……」

ヨランダは自分の事情も忘れ、パーティーを失ってしまったマルクを慰めようとした。

奴隷であることや、パーティーが壊滅したことなどを伏せて軽い事情のように話したつもりのマルクだったが、それでも彼を気遣うヨランダに慌てながら手を振った。

「いや、まあそれは悪いことばかりじゃなかったからね。ただ、人数は少し心許なくて……そうだ」

そこでマルクは、先程ソロだと話したばかりの彼女に提案してみる。

「もしよかったら、一緒に組まない？　まだ少人数での探索をしたことがなくて、手助けしてほしいんだ」

「いいの？」

思わぬ提案に、ヨランダが顔を綻ばせる。

彼女のほうはソロとして他のパーティーにヘルプで入ることが多かったので、そういうのには慣れていた。

どうにか役に立てそうなことを見つけられて、ヨランダの声が跳ねる。

また、彼女は元々世話焼きなタイプでもある。頼られると嬉しくなってしまうのだ。

荒くれ者の多い探索者にしては比較的穏やかで、その分少し頼りなさ気なマルクは、そういう意味でもヨランダと相性が良さそうだった。

「うん。ギルドからちょっと大変そうな依頼を受けていて……手伝ってくれるとありがたいんだ」

「ええ、ぜひ。それじゃ、詳しい話を聞かせてもらえる？」

前のめりなヨランダに、マルクも安心する。

それにエルフは、人間族に比べ感覚が鋭く、最低限の探索系能力を備えている。シーフのいないマルク達にとっては、とても助かる能力だった。

ユリアナの危機感知能力と合わせれば、シーフひとりよりも安全度が上がる。

マルクは慎重に、変異種についての話を彼女にしたのだった。

†

ヨランダの参加にはユリアナも賛成で、翌日、マルク達はギルドに向かった。

変異種らしきモンスターが確認されている遺跡の情報をもらい、マルク達はそこへ向かうこととなった。

前回の遺跡に比べれば探索の進んでいる場所で、そこにいるモンスターも弱い。

だが、変異種となると充分な注意が必要だ。

同じモンスターだと思うと大変なことになる。

マルク達は身をもって知っていたが、ヨランダには再度注意を促した。

「ええ、分かったわ」

遺跡へ向かう馬車の中。

ヨランダは頷くと、武器の再チェックを始めた。

彼女のメインウェポンは大きな弓だった。アーチャーだ。

エルフらしい装備だといえる。彼女のロングボウはかなり強いもので、その分引くのにも力が必要そうだ。

本来、速さに優れるエルフはあまり力が強くない。それはヨランダも同じだった。

それでも彼女が大弓を使えるのは、エルフの特性によるものだ。

エルフの村で生まれ育った者は、同じエルフの森から加護を受けることができる。仕組みはよくわかっていないが、エルフがエルフ用の弓を使うと通常よりも能力が上がるのだ。ちょうど、**《弓使い》**のようになる。

《職業》ではないので能力を失うような制約はないが、加護を受けてステータスを上げるにはエルフの森の木で作られた弓でないといけない。

条件はあるものの**《職業》**持ちレベルの戦闘力ということで、とても心強かった。これなら、多少人数が少なくても戦闘力は十分だ。

三人は馬車に揺られて、変異種モンスターらしきものが出たと噂の遺跡に到着する。

生き残った人はみんな、遭遇した瞬間に危険を感じ取って逃げていたので、敵の実際の戦闘能力は未知数のまま。

元の遺跡が前回より低レベルとはいえ、もしかしたらオオカミ型モンスターの変異種以上に、元のモンスターから強化されているかもしれない。

油断しないよう注意しながら、遺跡に入って探索を開始する。

「私が先頭を歩くわね」

ヨランダがそう言うと、一番前に立って歩き出す。

戦闘面ではユリアナが一番前になるが、探索中はエルフらしい技能を持つヨランダを先頭にするのがスムーズだ。

「次の部屋、中でモンスターの気配がするわ。ドアに罠は……ないみたいね」

「じゃあ、わたしが前に出るね」

ユリアナが刀に手をかけて、ドアの前へ向かう。

「じゃあ、行くわよ。三、二、一……」

ヨランダがドアを開け、ユリアナが踏み込む。

小さな翼を持つインプが五匹。

飛び込んだユリアナに襲いかかろうとするものの、それよりも早く彼女の刀が一匹を切り捨てる。

そしてヨランダの放った矢が次の一匹を仕留めた。

「ファイアーアロー！」

マルクも炎の矢で攻撃し、残りは二匹。

矢をつがえたり呪文を唱えたりする必要のないユリアナが、そのまま残り二匹を切り伏せた。

ほとんど一瞬の出来事だ。

三人の強さにとって、この遺跡は通常なら簡単すぎる。

しかし、変異種の強さは別格だ。

オオカミ型のモンスターだって、元々の強さならそこまでの脅威でもなかった。

それが、グリコフ達を全滅させたのだ。

油断はできない。

三人は変異種モンスターを探しながら、遺跡を奥へと進んでいく。

「目撃されたのは、もっと先って言ってたよね」

「ああ。この下の階だな」

「ここ、抜け穴になってる」

ヨランダが壁の一点を指差した。そして、拳で軽く壁を叩く。

他とは違う、軽い音がした。

それに反応して、壁の一部がスライドする。

「わっ、隠し部屋だ」

ユリアナが驚きの声を上げた。マルクは、開かれたその隠し部屋を覗き込む。

その奥は祭壇のような物が置かれていた。かなりの年月を感じさせる。おそらく、この遺跡がまだ遺跡でなかった頃のものだろう。

朽ちかけた祭壇の奥には、宝飾品らしき槍が祀られていた。

金色の柄は年月を感じさせないほど輝き、所々に埋め込まれた宝石も褪せることなくきらめいている。

「すごいな……だけど……」

近づいたマルクは、その槍を持ち上げてみる。本当に金なのか、その槍はかなり重い。

「これを持ち運ぶのは、かなり厳しいな」

こういうときに、荷物持ちがいると違うのだ。いや、この重さとなると、荷物持ちがいてもこの槍だけに掛かりっきりになってしまうだろう。荷物持ちなしのパーティーでは、とても持ち帰れそうもない

「今回は諦めるか」

「そうだね」

荷物を持ちすぎたグリコフ達の例もある。

マルク達は潔く諦め、隠し部屋を閉じると変異種を探して、そのまま下の階へと向かった。

五話　変異種と横取り

マルク達は階下に降りる。そろそろ、変異種の目撃証言があった場所だ。

「罠があるわ。私の後をついてきて」

ヨランダが振り向いてふたりに声をかける。その表情は真剣だ。街中での、やんわりとした彼女とは纏っている空気が違う。

もしかしたら、エルフの弓による加護の効果もあるのかもしれない。

普段のヨランダは甘えたくなるような、甘やかしてくれそうな感じだが、今の彼女は頼りがいのある雰囲気だ。

マルクはそう考えながら、先行した彼女に続く。余計なところを踏まないよう、ヨランダの歩いたところだけを踏んで進んだ。

彼女のお陰で、マルクとユリアナは危険な目に遭うことなく遺跡内を進めていた。

どんどんと奥へ進んでいき、もう変異種の目撃エリアに突入している。

いつ敵に遭遇してもおかしくない。緊張が一行を包み込む。音にも注意しながら、遺跡内をゆっくり進んでいた。

「敵か!?」

ガサ、と音がして、曲がり角からモンスターが飛び出してくる。

三人は警戒して身構えた。

姿を見せたそれは、普通のインプが三体だった。一瞬安心しかけるが、モンスターであることは変わりない。

「ファイアーアロー！」

マルクの詠唱による炎とヨランダの矢が素早くインプを捉える。踏み込んだユリアナが最後の一体を始末し、戦闘は簡単に終わった。

「普通のやつだったか……」

既に変異種が目撃されたエリア内に入っていることもあって、気は抜けない。

特に変異種の強さを知っているマルクとユリアナは警戒心が強く、普段よりも精神的な消耗が激しかった。

変異種と戦ったときに仲間を多く失ったため、ふたりのなかではその存在が必要以上に大きくなっていた。

過ぎた緊張は、かえって危険を呼び込む。そう思ってマルクは適度にリラックスしようとしたが、上手くいかなかった。

(最後まで見つからなくて、帰り道で遭遇したら危険だな……)

今なら元気だからいいが、最後の最後、疲れて帰るときに戦闘になるのはまずい。

見つからないなら見つからないで、早めに切り上げたほうがいいだろう。

そう考えたマルクは、また緊張して自分を追い詰めてしまう。

「マルク、ユリアナ！」

「ああ……」

前を向いたまま声をかけてきたヨランダに、マルクは低い声で頷いた。

長い廊下の向こう、そこに紫の影が動いたのだ。

変異種に違いない。

そいつは誘うように、奥の部屋へと消えていった。

こちらを誘い込んでいるのか、それとも遠くて気づかなかったのか。

(どちらにしても、行くしかないな)

あの変異種を確保するのが目的なのだ。一瞬ではあったが、マルクはその変異種がインプ型なのを確認した。警戒し緊張していたからこそ、短い時間で正体を探り当てることができたのだ。

「わたしが先に行くね」

戦闘態勢に入り、ユリアナが前衛として一番前を歩く。その右後ろに《**魔術師**》のマルク、最後が剛弓を持っているヨランダだ。彼女はユリアナの左後ろにいる。

三人はそのまま廊下を進み、奥の部屋へと向かう。

その中は思ったよりも広く、三十メートル四方ほどだった。

二階には細いギャラリー部分があるが、一部が崩れてスロープのようになっている。

正規ルートでギャラリーに入る場合は、上の階から回ってこなければいけないようだ。一部が崩れた今となっては、そこを登っていけばショートカットで帰ることもできるかもしれない。

「ギギ……」

部屋の真ん中ほどで、紫色のインプが三人に向けて振り向いた。

間違いない。変異種だ。肌はもちろん、その長い爪の先までも紫に変色しているインプは、探索者であるマルク達を見つけるなり、躊躇することなく襲いかかってきた。

「ファイアーアロー！」

炎と矢が左右から飛ぶ。そして正面には、踏み込むユリアナの姿。

一瞬で状況を読み取ったインプは、大きく右側に飛んで炎を躱した。

思考ではなく本能で、マルクとヨランダの直線状に身体を滑り込ませようとする。そのまま直進すると、ヨランダは矢を射ることができない。

変異したインプの反応速度なら、ファイアーアローは見てから躱せる。

ユリアナも素早く反転してインプを追うが、紫の爪がマルクに届くほうが早い。

「ファイア！」

「ギッ！」

マルクの杖からは、放射状に炎が飛び出す。

速度、威力ともにファイアーアローよりも遅い魔法ではあるが、前面に大きく広がるため、近づくことは困難だ。

反射的に飛び退いたインプに、ユリアナの刀が迫る。

「やあっ！」

反応されてしまったものの、刀身はインプの羽を傷つけた。「ギウッ！」っと声を上げてよろめくインプに、今度はエルフの矢が迫る。ヨランダは素早く動き、マルクの後ろから飛び出していたのだ。

金属同士がぶつかりあうような音。

爪で矢を防いだものの、インプの体勢が崩れる。

「ファイアーボム！」

そこに大きめの火球が迫り、インプの近くで爆発する。モンスターにせよ人間にせよ「爆発」という現象に親しんでいる者は少ないため、初見では対処が難しい。この判断は、元現代人であったマルクの強みだった。

「ギギッ！」

ダメージを負ったインプにユリアナが迫るが、今度はインプも反撃を諦め全力で退いた。

痛んだ羽の影響か、斜めに下がっていったインプはそのまま二階のギャラリー部分へ逃げようとする。

魔法と弓は届いてしまうが、二階へ逃げればユリアナの刀は届かない。

インプはややふらつきながらも、ギャラリーに飛び乗る。

（よし、悪くない！）

元々ソロでありつつ他のパーティーとも組んでいたヨランダは、連携を取るのが上手い。そのおかげもあって、元が弱いモンスターとはいえ変異種相手にも危なげなく戦えている。

ギャラリーに逃げ込まれたため、崩れた部分を駆け上がって回っていくしかないが、大分弱ったインプなら見失わずに済むだろう。

ユリアナは素早く瓦礫のほうへ駆け、跳ねるようにギャラリーへ飛び上がる。

それを見たインプは更に距離を取ろうと動き出し——

ダダダダダダダダダッ！

と発砲音が響いた。

聞きなれないそれは、銃声だ。それも拳銃ではなく、おそらくアサルトライフル？

ファンタジーめいた異世界にはふさわしくない音とともに、弱ったインプが蜂の巣にされていく。

「ギギッ！　……ギ……」

十数発の弾丸をうけたインプは力尽きる。

そこに人影が素早く駆け寄り、インプの死骸を掴んだ。

アサルトライフルを担ぎ、インプを掴んでいるのは女性だった。

腰まで伸びる金の髪。瞳は鋭く、全体に人形のような冷たい印象を受ける。

細く白い手足の彼女は、何故かミニスカートのメイド服に身を包んでいた。ご丁寧に、ヘッドドレスまで付けている。

またウエストをキュッとしめることによって、大きな胸が強調されていた。眩しく晒される太腿と合わせ、とてもまともなメイドの格好ではない。だが、ロングスカートのクラシックなメイドよりも、遥かに動きやすい格好ではあった。

インプの死骸を掴んだ彼女は、そのまま立ち去ろうとする。

「あっ！」

獲物を横取りされたユリアナが、距離を詰めようと動いた。既にひとりでギャラリーに登っていた彼女とメイドは、二十メートルほどの距離で向かい合う。

「ダメだユリアナ！　下へ跳べ！」

メイドがインプを脇に抱え、ライフルを構える。細いギャラリーでは、弾丸を躱すスペースなどない。既に踏み込んでしまったユリアナは飛び降りようとするものの、ライフルの照準はきっちりと彼女を追いかけている。

「ファイアーボム！」

マルクはメイドの付近に魔法を放つ。今からアローで彼女を射抜いても、弾丸はユリアナに命中してしまうだろう。メイドの腕によっては、致命傷になるはずだ。それよりはユリアナの安全を優先し、ギャラリーごと吹き飛ばすことにした。

「なっ――！」

人形めいていたメイドの顔に、驚愕が浮かぶ。

既に飛び出しかけていたユリアナは、爆風で更に遠くへジャンプした。

そのため放たれた弾丸は彼女まで届かず、奥の壁に穴を開けた。

爆破でギャラリーの一部が吹き飛び、メイドの足元も崩れる。

メイドは咄嗟に残ったギャラリーの柵を掴んだ。そして手放してしまった銃を、両足を広げてキャッチする。

短いスカートでそんなはしたないことをすれば、当然中の下着は丸見えになるが、それを気にする様子はない。

マルクは吹き飛ばした時点でメイドからは視線を切り、ユリアナの着地地点に駆けていた。

そして、落ちてきた彼女を受け止める。《**職業**》による強化があるからこそできる芸当だ。

「大丈夫か？」

「うん、ありがとう。助かったよ」

少し煤《すす》のついた顔でユリアナは微笑んだ。

「くっ、はっ、やっ！」

その隙に、メイドはなんとかギャラリーに這い上がる。だが、そこにヨランダの矢が追い打ちをかけていた。

インプを掴んでいるメイドはそのままではアサルトライフルを上手く扱えず、かといって体勢を整える余裕はない。

下から上への不利な射角でなければ、ヨランダの矢は彼女を射抜いていたことだろう。有利を見越して上から攻めたのが、メイドをギリギリのところで生かしていた。ひとりで動く彼女は人数不利を補うため、常に有利な位置取りを心がけていたのだ。

「くっ、このっ！」

最後は強引に突っ切り、その腕に浅く矢を受けながらも、メイドはギャラリーから姿を消した。

「一体、何だったんだ……？」

突然現れて、変異体を持ち去った謎のメイド。

彼女の正体も目的も、今のマルク達には分からなかった。

六話　犯人探し

横取りされてしまったものの、目的である変異種モンスターはもういないので引き上げることにした。

変異種との戦闘や、謎のメイドとの戦闘で疲弊していたので、気をつけながら遺跡を出る。

先に逃げたのか、それとも遺跡の中に隠れていたのか、横取りメイドと遭遇することはなかった。

マルク達三人は、そのまま無事に都市まで帰還する。

「まあ、でも無事で良かったよ」

マルクは心からそう思った。

メイドとのアクシデントはあったものの、結果としてこちら側はほぼ無傷だ。

成果もないのが残念だが、誰かが大怪我してしまうよりはいい。

早めの切り上げになったため、まだ他の探索者はあまり帰ってきていないようだ。

いつもより空いているギルドへの道を、三人は歩いていく。

「怪我がないのは良かったけど……」

街へ戻ってきたヨランダはのんびりと、しかし困ったように呟いた。

「依頼を達成できていないのって、立場的に大丈夫なのかしら？」

パーティーを組むということで、ヨランダには変異種の話と一緒にマルク達の境遇についても話してある。

特に今回は、その奴隷として受けたギルドからの依頼だったからだ。

「一応危険な変異種は討伐はできているし……不可抗力だからね。相手については報告する必要があるだろうけれど」

マルクはそこで言葉を切った。場合によっては、今度はその相手を倒すように言われるかもしれない。モンスターではなく人間相手というのは、あまり気の向く仕事ではない。だが、そんなことを言える立場ではないのだ。

三人はギルドに着くと、カウンターへ向かう。そしてマルクは声を落として受付に「変異種の件なんだけど」と告げた。

「それでは、奥へどうぞ」

そしてそのまま応接室に案内され、そこにいた職員に報告をするのだった。

†

「ほう……そんなことが……《**銃使い**》か」

この世界では、時折発掘品として銃が手に入る。だが、弾丸を生産する技術力がないため、扱えるのは弾丸を生み出せるスキルを持つ《**銃使い**》の《**職業**》持ちだけなのだ。

他の便利なだけの技能とは違い、《**銃使い**》や《**魔術師**》は、知識や鍛錬などでは代用が効かない。だから重宝される反面、ある程度までは個人を絞り込まれてしまう。

マルク達が金髪のメイドについて話すと、その職員は考え込んだ。

「ちょっとまっていてくれ。《**銃使い**》のリストを持ってこよう」

職員はそう言うと席を外し、言葉通りリストを取りに行った。

「犯人、見つかるかな」

「《**銃使い**》ってなると、かなり限られるしね」

ユリアナに答えたマルクは、見つかったらどうなるのだろう、と考えていた。

もし、ギルドからその討伐を依頼されれば、そこには躊躇《ためら》いなどない。いざ相対しても、迷うことなどなかった。けれど、実際の依頼が来るまでは別だ。できれば人間とは戦いたくない。殺し合いとなればなおさらだった。

そこに、職員が戻ってくる。

「女性の銃使いは、六人だな。だが、今ギルドに顔を出しているのはふたりだ」

職員はリストをマルク達に向けた。そこに書かれているのは名前と《**銃使い**》であることくらいだ。

そして、ギルドに来ているふたりの名前を指差す。

「このふたりは、金髪のロングヘアーではないな。片方はロングだが赤毛、もう片方はボブのブルネットだ」

「モニカ……カーミラ……リュドミラ……ダイアナ……」

ユリアナが残る四人の名前を読み上げてみるが、これだけでは分からない。

「容疑者については、こちらのほうで調べることにしよう」

情報収集力は、ギルドのほうが遥かに上だ。

だからそちらは任せることにして、マルク達は引き続き、変異種らしき報告例がある場所へと向かうことになった。

そちらについては、また後日連絡があるということだ。

最後に報酬の話となる。

「今回の件は仕方ないことだから、君達が悪いわけじゃない。ただ、変異種討伐の証がないので、報酬をそのまま渡すことはできないのだ……」

そう言いながら、職員はお金を取り出す。

「これは前回の変異種討伐の分だ。ひとまずこれでやっていけると思う」

実質的に、今回はタダ働きということらしい。

クエストとしては失敗しているので妥当なのだが、変異種を追い詰めていただけにもったいない。

また、安全を優先して発掘品を集めなかったのも痛いところだ。

本来、探索者は誰に頼まれるでもなく遺跡に入り、発掘品を拾う。それを売りさばくことがメインの収入源なのだ。

これまでは奴隷として、遺跡内の探索でだけ活躍していた。命じられたことの範囲で、生き残ることを最優先に考えていればよかった。

しかしこれからは、ひとりの探索者として、儲けのことも考えて行動しなければいけないのだ。

食事をするのにも、宿に泊まるのにも、装備を調えるのにもお金はかかる。

ただ遺跡から無事に出るだけではなく、それらを考えて最低限の稼ぎを得るために発掘品を回収してこないといけない。

マルクは自分の境遇を意識し、考えを改めた。

†

「うぅ、あのメイドは何だったの!?」

ギルドでの話を終えたマルク達三人は、大衆用のレストランで夕食をとっていた。

周囲では街の住民や、同じように遺跡から帰ってきた探索者達がワイワイと食事をしたり、酒を飲んだりしているところだ。

ほとんど成功していたにもかかわらず、最後に獲物を横取りされ、その結果報酬さえも奪われたことにユリアナは怒っていた。

怒りの理由として、これが初めての依頼だということもあったかもしれない。

マルク自身、横取りされてしまったのはある程度仕方ないことだと思っていたが、最初の依頼を邪魔されて怒る気持ちもわかった。

「どうしようかしら……」

ヨランダも困った顔を向ける。

マルク達が代わりに対応し、一応届け出はしたものの、彼女の財布は戻ってきていない。

「とりあえず今日は俺達のところへ来てもらうとして……なんとかしないとな」

「ありがとうね」

ヨランダが柔らかく微笑んでお礼を言った。

財布を盗られて危うく食い逃げで捕まりそうになったところを助けてくれただけではなく、今日もこうして面倒を見てくれたことに、彼女は深い感謝をあらわしていた。

「ギルドから話が来たときはそっちに対応するとして、それ以外のときにちゃんと発掘品を持ち帰らないとな……」

荷物持ちを雇うにも金がいるから、最初は自分達で持ち帰るしかない。

荷物を持った状態で敵に遭遇しない保証はないので、あまり無茶はできない。

探索の難しさを改めて感じ、マルクは表情を引き締めた。

変異種討伐はいつでもある仕事ではない。

(目利きの腕も大切だな)

見つけたものを何でもかんでも持ち帰れるわけではない。荷物持ちのいない少人数パーティーなら、なおさらだ。

まだまだ探索初心者で、学んでいかなければならないことはたくさんある。

しかし、マルクの心はワクワクと躍《おど》っていた。こうして多くのことを考えることによって、ようやく自分が探索者になれたような気がしたのだ。

七話　ヨランダのお礼

マルク達は宿へと戻った。

今日も魔術を使ったため、制約を果たさなければならない。

今後も一緒に組むつもりなので、ヨランダにはもう制約の内容について教えてある。

ギルドに所属することで心配のなくなったユリアナは、これまでの『男に犯されてはならない』という嘘の制約ではなく、『射撃武器を扱ってはいけない』という本当の制約を明かしていた。

本来、ユリアナの制約は強引に破らせることが難しいため、明かすことによるデメリットが少ないのだ。それでも偽っていたのは、奴隷という弱い立場で、周りの男から身を守るためだった。

ギルドという組織の所有物となった今、もうそういう心配は必要ない。

宿について落ち着いたので、マルクは制約の件でユリアナに声をかけようとした。

だが、それよりも先にヨランダが彼に近づいてくる。

「ねえ、制約なんだけど、私にさせて？　お礼も兼ねて、マルクのこと気持ちよくさせるから」

「え？　ああ、うん。そうだね。お願いしようかな」

先日、初めてあったときは彼女のお礼に驚いて断ろうとしたマルクだったが、もうパーティーを一緒に組んでいる。知らない仲じゃないので、今度はためらわずに頷いた。

「ま、まって！」

それに驚いたユリアナが、焦ったような声で止めに入る。彼女はマルクとヨランダ、それぞれの顔を一瞬だけ見た。

「無理にマルクの制約に付き合わなくていいんだよ？」

「でも、制約は破ったらまずいんでしょう？」

そう切り返すヨランダに、ユリアナは頷く。

「うん。でも、わたしはこれまで制約の相手をして慣れてるから」

いきなり止めに入ったユリアナに、ヨランダは首を傾げる。そして、ユリアナが自分を気遣っているのだと考えると、小さく首を振った。

「確かに制約がきっかけかもしれないけど、私はお礼も兼ねてマルクを気持ちよくしたいと思ってるの。だから、無理なんてしてないのよ」

余裕を持って微笑むヨランダに、ユリアナは言葉をつまらせてしまう。

そして、彼女は助けを求めるようにマルクのほうを見た。それでいいのかと問うような視線だが、彼はいきなり見られた意味がよくわかっておらず、そのままユリアナを見つめ返した。

そんなふたりを横で見ていたヨランダは、そこでユリアナの気持ちに気づいて、慌てて前言を翻した。

「あっ！　でも、たしかにユリアナのほうが付き合いも長いし、色々わかってるわよね。じゃあ任せちゃってもいい？」

彼女自身、助けてくれたマルクには好意を抱いていた。魔術師ということもあって、他の探索者のようにがっしりしていないのも、エルフである彼女からすれば親しみやすいポイントだ。

お礼とはいえいきなり性的な奉仕を申し出たのも、ある程度は下心込みでのことだった。

しかし、どうやらユリアナはマルクのことを好きらしい。

素直になれていないようだが、ちょっと注意して見ればヨランダにもそれが分かった。

そこに割り込もうという気は起きない。マルクに好意を持っているのはもちろんだが、ユリアナもまた彼のように良い人であるのは、短い付き合いでも分かっていた。

だったら、そこで波風立てるようなことをせず、ふたりを応援しようと思う。

彼らが気にしないなら自分もそこに加わりたい思いもあるが、無理矢理に入るべきではない。

「えっ、あっ……！」

ユリアナのほうも、ヨランダが彼女の気持ちを知って身を引いてくれたのに気づく。

同時に、ヨランダが単なる義務感で誘いをかけたわけじゃないことにも気づき、自分が割り入ってしまったのは身勝手だったのではないかと反省した。

そこで今回は、後出しだった自分が引くことにする。

「ヨランダが先に声かけてくれたんだし、折角だからお願いするよ。わたしはちょっと外に出てるね」

そう言って、返事も聞かずに部屋を後にした。

マルクはその様子に疑問を抱きつつも、ひとりで席を外すという行動自体は自然なものだったので、下手に追わないことにした。

「えっと……」

ヨランダは、ユリアナの去っていったドアを見つめて、複雑な息を吐いた。そして「自分がなんとかしてあげたい」という気持ちとともに、腰に手を当ててお姉さんぶる。まずは、マルクの気持ちがどうなのか、だ。

「いつもユリアナとしてるなら、どうしてすぐに私を断らなかったの？」

咎めているわけではなく、純粋な疑問として尋ねた。

「必ずしもユリアナってわけじゃなかったし、彼女の負担になっていそうだったから」

返ってきたのはそんな言葉で、ヨランダは深いため息を吐いた。どうやら、ユリアナが気持ちに気づいてもらえる日は遠そうだ。年上としてのお節介な気持ちが湧き上がり、ヨランダはお姉さんぶった態度を続けた。

「めっ！　ちゃんと見てあげなきゃダメだよ」

「わっ」

軽く怒ったように言うと、ヨランダはマルクをベッドに押し倒した。

押し倒されたまま、マルクがヨランダを見つめる。

ユリアナが告白していない以上、ヨランダから直接伝えることはできない。

おそらくユリアナは、制約のため、という建前は全面に出しつつも、マルクを気持ちよくするために頑張っていたはずだ。

そこで考えた結果、ヨランダは好き勝手にマルクを犯すことにした。敢えてそうすることで、ユリアナがどのくらいマルクのことを考えていたかを思い知らせるのだ。

まあ、ヨランダ自身がマルクに襲いかかりたいというのもちょっとだけあったのだけれど。

「はい、脱ぎ脱ぎしましょうね」

彼女はそのままマルクの服を脱がせていく。

制約の相手ということもあり、マルクは無抵抗だ。

それどころか脱がしやすいように上手く身体を動かしてくれる。

素直なマルクの様子に、ヨランダはますます昂ぶってしまう。年齢より大人びて見えることもあるものの、マルクは彼女よりも年下だ。気になっている年下の男の子を好きにできるという状況に、ヨランダのスイッチが入ってしまう。

素早く自らの服も脱ぎ捨てると、全裸で仰向けの彼を覗き込んだ。

「今日は、全部お姉さんに任せてね。マルクのここから、いーっぱい搾り取っちゃうからね」

そう言うと、まだ勃ち上がっていない肉竿を掌で撫でる。

マルクのおなかに跨って後ろ手に弄んでいると、そこがどんどんと硬くなってきた。

彼の視線は、見上げることでより存在感を増す大きな胸に向けられている。素直でエッチな反応に、ヨランダも我慢できなくなってしまう。

今日は自分勝手に動くと決めたのだ。

自分の下で興奮しているマルクの姿に、ヨランダは思わず唾を飲み込んだ。

「こんなに硬くなってる。ね、どうしてほしい?」

いつもより妖艶な雰囲気のヨランダに押されて、マルクはなすすべなく興奮していた。

強引なだけではなく、甘やかすような態度が不思議な魅力となって、マルクから抵抗する力を奪っていった。

彼女の細い指が胸板を優しく撫でていく。片手は肉竿を擦って快感を与えているので、気持ちよさは膨らんでいく一方だ。まるで胸で感じさせられているかのような不思議な感覚。

全裸の彼女が自分の上に跨り、自分を弄って興奮している。

その顔はとろんと緩み、息も荒くなっている。

おなかの上にある彼女のアソコからは、愛液が溢れてきているのが分かった。肌に直接こぼれてくるその蜜を辿り、足の付け根へと指を伸ばす。

「あんっ！　もうっ、勝手にお姉さんにいたずらするのは、あんっ、やっ！」

何故か今日は年上を強調するヨランダを不思議に思いつつ、マルクはその蜜壺に指を潜らせ、中を軽く弄り回す。

彼女は可愛く喘ぎながらも、肉竿への刺激は止めない。

快感で身体を揺らすたび、無防備な爆乳が誘うようにぽよんぽよんと揺れる。その抗いがたい魅力を前に、マルクは素直に欲望に従うことにした。

片手ではそのまま膣内をかき回しつつ、余ったほうの手を乳房へと伸ばす。

掌には到底収まりきれない乳肉を、下から思うがままにこねくり回した。

「あっ、はぁっ……んぅっ！　今日はっ、私が、んあぁぁっ！」

乳首とクリトリスを同時にいじると、ヨランダのアソコからどんどん蜜が溢れ出してきた。

「もうっ、めっ！」

「あぐっ」

ヨランダの指が、きゅっとカリの部分を回すように刺激する。

突然の快感に暴発しかけたマルクは、なんとか腰に力を込めて耐えきった。

そして代わりに溢れた先走りが、ヨランダの白い指を濡らしていく。

「あっ、ふぅ……ふふふっ。これ以上お姉さんにいたずらするなら、このまま外でぴゅっぴゅってさせちゃうよ？」

ヨランダは意地悪するようにそう言うと、出してしまわないよう慎重に、しかし波が引くことのないくらいには強めに肉竿の先端を刺激する。

「あ、うっ……」

このまま彼女の手に出してしまうのも、充分に気持ちいい。

マルクはそう思いながら、蜜壺の中で指を動かす。

だけど、この中はもっと気持ちいいはずだ。絡みついてくる襞に指を締め付けられながら思うも、自分の指に反応して感じるヨランダを見ていると、いたずらをやめることはできなかった。

「あっ、やっ、本当にダメッ……んぁっ！　も、もうっ、そんな悪いマルクには……えいっ、えいえいっ！」

シュッシュッと素早く手を動かし、肉竿全体を擦り上げてくる。これまでの焦らしとは違い、本当にイかせるための手コキだ。

「あっ、ヨランダ、ぐっ……」

射精を耐えるのに必死で、彼女への愛撫は止まってしまう。

快感に耐えるマルクを見て、ヨランダは恍惚の表情を浮かべた。

そして自らの腰を浮かせて、位置を調整する。その間も、高速手コキは続けたままだ。

「もう、出るっ……」

マルクの言葉通り、尿道を精液がかけ上り、先が膨らんでくる。手でそれを感じたヨランダは、射精直前の肉棒を、一気に膣内に呑み込ませた。

「うあっ、あっ、おおおぉぉっ！」

ドピュッ！　ビュルルルルルッ！

膣内に呑み込まれ、蠢く襞の洗礼を受けた瞬間にマルクは射精した。

「あっ、どっ、んぁぁぁっ！　私も、んはぁぁぁぁっ！」

何かを言いかけたヨランダだったが、膣内で跳ねる肉竿と精液の快感に耐えきれず、途中から絶頂の嬌声を上げてしまう。

「ん、あ、はぁ……ふっ、あぁぁっ！」

「ま、待って、ヨランダ、今は、ああ！」

一度出して体力を使ってしまうマルクとは違い、ヨランダはさらなる快感を求めて、イったばかりの身体を揺らし始める。

射精直後の敏感な肉竿を、絶頂の締め付けと腰の動きに容赦なく刺激されたマルクは、過度の快感に声を上げることしかできない。

「ふっ、あぁっ、はぁっ……！　マルクの大きいのが、私の奥まで貫いてるっ……」

小さくなる暇さえ与えられず、膣内で絞り上げられる肉竿。

普段ならマルクのことを気遣うヨランダだが、今は意識的に、彼を快感地獄へ落とそうと動いている。

「あ、んぁっ……すごいのっ……きちゃうっ！　奥までぐりぐりされてっ、あぁっ！」

その分、彼女が受ける快感も大きくなるが、マルクと違って二度や三度の絶頂では体力を使い果たしたりはしない。

そう思って好き放題するつもりのヨランダだったが、マルクもされるがままではなかった。

彼女の細い腰を掴むと、そのまま強く突き上げる。

「あんっ！　な、いきなりっ……なんでもう元気にっ……！」

「自分の上でこれだけ乱れられたら、もっと喘がせたいと思うさ」

マルクは男の性が命じるまま、乱暴に彼女を突き上げる。

主導権を奪われたヨランダは、一気に逆転されてしまった。

「あっ、そこっ！　こすられちゃうと、あぁぁっ！」

「ここか。よし、じゃあもっと気持ちよくなってねっ」

「んはぁぁぁぁあ！　あ、あぁぁぁっ！」

身体をのけ反らせてヨランダが絶頂する。ふたりが繋がった場所から体液が溢れ出してきた。

抽送で肉竿を引くたびに、マルクのおなかに彼女のいやらしい水たまりが広がっていく。

「まだまだっ、さっきのお返しだ」

「あっ、あぁぁっ！　ダメ、イったばかりなのに、また、イクゥゥウゥッ！」

腰を止めないマルクに、ヨランダは連続絶頂させられてしまった。

マルクに火がついて攻守は完全に逆転し、ヨランダは彼の上で何度も絶頂することになったのだった。

八話　遺跡ではなく村へ

あれから三人パーティーになったマルク達は、慎重に遺跡に潜り、発掘品を回収していた。

ギルドからの依頼がないときは、普通の探索者と変わらない。

慎重さも相まって、そう簡単に大金を儲けられるわけではないが、暮らしていく分は着実に稼ぐことができていた。

そんななか、ギルドから変異種の情報と依頼が入ってきた。

マルク達は用意された馬車に乗って、その場所を目指していた。

「それにしても、村か……」

探索者といえば遺跡に潜って発掘品を持ち帰るのが一般的なイメージだ。

同様に、モンスターも遺跡を徘徊している印象が強い。

実際に、遺跡のほうがモンスターの出る量も多いし、強力なものほど遺跡の深い場所にいる。

しかし、遺跡の外にモンスターが出ないわけではないのだ。

遺跡から抜け出てきたものや、それが外で増えたものなど、遺跡以外の場所にもモンスターは出る。

大抵は弱いものだが、それでも普通の人にとっては十分な脅威だ。

「モンスターが出るだけで、大騒ぎなのにね」

ユリアナが昔を思い出すように呟く。

彼女達の村にも、年に何度かモンスターが襲ってきていた。そのときは村の男達が総出でモンスターと戦っていた。

もっとも、マルクとユリアナがそこその年齢になってからは、彼らがふたりで簡単に撃退していた。

しかし、それはあくまで特殊例だ。《**職業**》持ちどころか、探索者すらいない多くの村では、下級のモンスターといえど犠牲と隣合わせである。

「だっていうのに、変異種か……」

幸い、これから行く村ではまだ被害が出ていないらしい。

農作物の収穫量が不自然に減ったため川の上流を調査しに出かけたところ、モンスターを見かけてすぐに逃げたというのだ。

そのモンスターが、見たことない紫色をしていたということから、マルク達が調査に駆り出された。

変異種だとすれば、かなり危険だ。

それなりの探索者ならまだしも、普通の村人ではまず手に負えない。村内に来てしまえば、逃げることすら難しいだろう。

「もしいるなら、早く見つけないとな」

「もし他のモンスターでも、見かけたら狩れるといいよね」

ユリアナの言葉に、マルクも頷く。

エルフであるヨランダは、そんなふたりを見守るように眺めていた。

森の民であるエルフは、よりモンスターの出やすい地域に住んでいる。しかし、森の木でできたものを身につけることで、エルフの能力は向上する。

それは探索者や《**職業**》持ちのような特殊例ではなく、エルフならば誰でも加護で能力が上げられるので、モンスターに困る、ということはあまりなかった。だから彼らの話や村人の話は、実感として理解することはできなかった。

ただ、困っている人がいるのなら力になりたい。

その思いは一緒だったので、彼女は村の話をする彼らを眺めているのだった。

†

村に到着したマルク達は、さっそく村の人から話を聞くことにした。

ますは村長の家に案内される。農村らしい素朴な作りの家は、マルク達にとっては見慣れたものだ。奴隷になってからは都市を拠点としていたこともあって、初めて来る場所だというのに懐かしさを感じた。

「ようこそお越しくださいました。一つならまだしも、異変が続きましてな……」

三人が椅子に座ると、お茶が出される。

向かいに座るのはその村長と、村の男だった。

「まずは順番にお話しさせてもらいます。……最初の異変は、収穫量が急激に落ちたことでした」

村長の言葉に、マルクは小さく頷く。

農業を主とする村にとって、その収穫量の下落は大事《おおごと》だ。だが、それだけならば大事ではあっても異変ではない。天候などによって収穫量が落ちてしまうのは、よくある悲劇だった。それこそ、マルク達も体験したような。

「しかし天候も問題なし、農法もこれまで通り。なんの変化もないはずだったのに、突然収穫量がガタッと落ちたのです」

村長は渋い顔で続ける。

「天候が悪いのなら、理解はできます。また天候が良くても、無理をして土を細らせてしまえば収穫量は落ちるでしょう。ですが、今年はそのどちらもなかった。一体どうして収穫量が落ちたのか、わからなかったのです」

原因不明の不作を、そのままにしておくわけにはいかない。

「そこで我々は水に原因があるのかもしれないと思い、川の上流を調査したのです」

「なるほど」

「そこで見かけたのが、例のモンスターです」

そこで村長は、隣の男に視線を送った。男は頷くと、話し始める。

「おれ達が川沿いをのぼっていくと、そこにモンスターがいた。そいつはシカ型のモンスターだった」

そこで男は、視線を落とす。モンスターを目にしたときのことを思い出したのか、小さく身体を震わせた。

「シカ型のモンスター自体は、たまに村に来るやつだ。でも村に来てないのに、むやみに挑む必要はない。最初からモンスターを見かけたら、逃げることに決めてたくらいだ。だけど、そいつは同じシカ型なのに、色が違った。紫色をして、なんだかおかしな雰囲気だった。いつものやつと違う。そう感じて、慌てて逃げ出してきた。似てたけど、新種なのかもしれない。とにかく、ただごとじゃない雰囲気だった。あれが村に来たら、おれ達じゃ対処しきれない」

そこまでを一気に話すと、男はお茶をぐいっと飲む。思い出した恐怖ごと飲み込もうとするかのようだ。

同じ型のモンスターで紫色。そしておかしな雰囲気。変異種である可能性が高い。

「じゃあ、調査に行ってみます」

周辺の地図とモンスターの出た場所を聞くと、マルク達は早速その場所へ向かってみることにした。

†

村から川の上流へ向けて歩いていく。

山道ではあるが、そこまで険しくはない。モンスターに気をつけながらもサクサクと進んでいく。

「この辺りね……」

村人から聞いた位置が見えてくる。

川の流れる音と、木の葉の揺れる音だけが聞こえていた。

「ねえ……」

そこで川に近寄ったヨランダが、水に触れないよう覗き込みながら尋ねた。

「この辺りの川って、全然魚が住んでいないものなの？」

「特にそんな話は聞いてないけど……」

そう言いながらマルクは川を覗き込んだ。そこには、一匹も魚が見当たらない。他の生き物が幅をきかせているということもなかった。水だけが淡々と流れている。

「そういえば、鳥の声も聞こえないよね」

ユリアナが木々を見上げながら言った。

初めてくる場所だから、ここもそうだとは限らない。ただ、大抵の場合川には何かしらの生き物がいるし、森では鳥の囀りが聞こえるものではないだろうか？

そのとき、ガサッと茂みが揺れた。

ここへ来て初めての、生き物の気配。三人の視線がその茂みへと向く。

「ビィー、ビィー！」

警戒音のような唸り声とともに、茂みの中から姿を現す。

それは紫色をした、シカ型のモンスター。毛の色だけではなく、角の部分までも毒々しい紫色をしていた。

「いたな……」

変異種だ。周りに動物がいないのは、あれが襲っているのか、それとも本能で怯えて逃げているのか。

詳しいところはわからないものの、あれが関わっていないとは考えにくかった。

「アイスアロー！」

マルクは先制攻撃を仕掛ける。周囲に木々が多いため、普段使っている炎系の魔法は迂闊に使えない。

モンスターめがけて飛ぶ氷とともに、ヨランダが矢を放った。

「ビィー！」

シカ型のモンスターは素早く反応し、氷を避けると矢を角で受けた。変異の影響で強化されているらしく、本来なら砕かれてもおかしくないはずの角は、しっかりと矢を受け止めていた。

「やぁっ！」

その間に、ユリアナが一気に距離を詰め、刀を振るう。銀閃が走り、シカの胴を斬りつける。

紫色の血が吹き出し、シカが暴れた。

「くっ、やぁっ！」

変異種であることで強化されている速度と力のせいで、ユリアナはとどめを刺しきれない。

血を吹き出しつつも角を振り回して、抵抗を続けている。

「えいっ！」

「アイスボール！」

「び、ビィッ！」

正確無比なヨランダの矢がシカの足を射抜き、アイスボールが鈍い音を立ててその胴体にめり込む。

シカが動きを止めた瞬間、ユリアナの刀がきらめき、シカ型変異種の首を刎ねた。

「やっぱり、元から考えるとかなり強いよね」

「ああ。本来のシカ型だったら一撃だもんね」

元のモンスターが弱いこともあり、一体ならそこまで危険もなく倒せた。当然、これは《職業》持ちやエルフの弓使いがいるからのことであって、並の探索者、ましてや村人にとっては、このシカ型変異種も充分な脅威だろう。

マルク達がひと息つくと、ガサッとまた音がする。

「変異種が倒されて、他の生き物が出てきたのかな」

とはいえ、もしかしたら普通のシカ型モンスターかもしれない。そう思って気をつけた途端……。

ガサ、ガサガサッ！

上流側から幾つもの気配がして、あちこちの茂みが揺れる。

そしてそこから出てきたものに、ユリアナが驚きの声を上げる。

「えっ、う、嘘っ」

彼らを迎え撃つように上流側に並んでいたのは、十頭を超える変異種モンスター達だった。

九話　複数の変異種

茂みの中から現れた複数の変異種に、マルク達は身を硬くした。

これまで変異種は一体ずつしか現れなかった。

それが、一度に十三頭も現れたのだ。十三頭の紫色をしたシカが、二十六の濁った瞳をマルク達三人へ向けている。

迂闊に動くこともできず、そのシカ型変異種を見ていたマルクはあることに気づいた。

「色が、半端なのがいる？」

大半は今までの三種と同じように、全身が紫で、毛だけではなく皮膚も変色している。

だが、十三頭のうち四頭ほどは本来の茶色い毛が残っていた。その部分だけは、皮膚も紫色をしていないように見える。

どのくらい元の色が残っているかは四頭とも違うが、一つはっきりしたことがある。

変異種と呼ばれるそれは、遺伝的なものではなく、後天的なもののようだ。

元は普通のモンスターだったものが、何かの要因で紫に変わっている。

（しかし、だとすると……）

遺跡とこの村で、似たようなことが起こっている。

変異種の数から察すると、この辺りのほうが、起きている何かは大きいようだ。

それさえ解明できれば、変異種の問題は一気に解決へと近づくかもしれない。

「その前に、まずはここを切り抜けないとな」

パーティー三人に対して、十三頭のモンスターというのは単純にかなり不利だ。

囲まれればどうしようもない。

特に、刀を使うユリアナはともかく、弓のヨランダと魔術のマルクは、集中攻撃を受ければひとたまりもない。

しかし幸い、モンスターはすべて前面に展開している。

ユリアナがマルクに視線を送る。いつまでもにらみあっていても仕方がない。

頷いたマルクが魔力を練り始めると殺気が漏れ、モンスターも動き出す。

ユリアナが前に出て迎え撃とうし、ヨランダは素早く矢を射る。

通常のモンスターよりも凶暴性が増しているためか、シカ型モンスターはほとんどまっすぐにユリアナを目指して突撃してきた。

囲まれないのは幸運と言えるだろうが、その迫力は探索者でさえ思わず足がすくんでしまう程だ。

「やぁっ！」

ユリアナは慌てることなく、先頭の一頭に向けて突きを放つ。

硬い角を避け、刀はシカの喉元へと吸い込まれていった。

ぐっ、と刀を半周させ、引き抜く。

紫の血が噴き出し、周囲へと飛び散る。

そこでマルクの準備が整い、魔術を行使する。狙いはユリアナに迫ろうとして、渋滞を起こして

いる後ろのシカ達だ。

「ファイアーストーム！」

火属性と風属性を複合させた、範囲魔法だ。

森の中では、延焼の恐れがある炎属性は使いにくいのだが、風属性と合わせることで周りに飛び火しなくなる。

その代わり大技なので行使に少し時間がかかり、また範囲も広いのでよほどの大型モンスターでもない限り、一頭や二頭を倒すのにはオーバーキルになってしまう。

今回のように多くの敵が密集しているときに、初めて効果的な魔術なのだ。

炎の竜巻はその発生地点だけを綺麗に焼き払った。

そこにいたはずの九頭の変異種を焼き尽くし、周囲に燃え移ることなく消えた。

残されたのは土がむき出しになった大地と、僅かな骨だけだ。

その間に、ヨランダは連続で矢を放ち、二頭の変異種を仕留めていた。

「せいっ！」

最後にユリアナが刀を振るい、変異種の首を刎ねる。

元が弱いモンスターのため、数が減ってしまえばどうということはない。

問題は、こんなにたくさん変異種が発生していることのほうだ。

「一体、この辺りで何が起こっているんだ？」

マルクが呟くと、ヨランダが彼へ向けて声をかける。

「ねえマルク、これを見て！」

呼ばれるままマルクが近づくと、ヨランダは足元の草を指差していた。最初に変異種の血がかかった草だ。

「枯れてる？」

変異種の体液を浴びた草が黄唐茶《きがらちゃ》に変色し、一部には穴が空いていた。

「変異種の体液が原因なのか？」

「あまり、触らないほうがいいんじゃない？」

思わず手を伸ばしかけたマルクを、ユリアナが制する。

「私なら平気かしら？」

「いや、危ないよ」

エルフであるヨランダは、人間よりも毒に対する耐性が全体的に高い。そうは言っても、どんな毒も全く効かない、というわけではないのだ。

だからユリアナが止めると、ヨランダもあっさりと手を引っ込めた。

「でも、これで不作の原因が分かったわね」

枯れた植物を見つめながら、ヨランダが言う。

変異種と体液は、少なくとも植物にとって有害なのだ。

(最初に変異種と戦った際、ユリアナと一緒に返り血を浴びていた気がする……)

マルクはふとそんなことを思い出し、もしかしたら触れても問題ないのではないか、と考えた。

かといって、わざわざ危険かもしれないのに触る必要もない。

「もう少し、奥に入って調査してみようか」

ふたりに声をかけて、マルクは森の奥へと踏み出した。

†

「マルク、ユリアナ、あれ」

ヨランダが遠くを指差した。

マルクの視力では、何かが動いているくらいしかわからない。ユリアナも似たようなものみたいだ。

その様子を見たヨランダが、説明を始める。

「あんなところに人がいるの。それで、何かを撒いてるわ」

「人……？」

マルク達は結構歩いている。ここはかなり山道を進んだところなのだ。村からは距離がある。山菜採りや狩猟という可能性もゼロではないが、こんなところまで来るのはかなり危険が伴うはずだ。今は変異種が出て更に危険だが、そうでなくてもモンスターが出ることに変わりはない。

「近づいてみよう」

とにかく、もっと見える位置へ。様子次第では声をかけてみるべきだろう。

三人はその人影へ近づいていく。

ある程度近づいたことで、マルクにも人影がはっきりと分かるようになった。

男は樽に入れた何かを地面へと撒いていた。

「……まずい」

男から離れた位置に、シカ型のモンスターがいた。毛色は半分だけ紫。変異しかけのモンスターだ。

モンスターは男を襲うだろう。そう判断したマルク達が急ぐが、モンスターはすぐ近くの地面へと顔を下ろした。

「食べてる……？」

男が撒いていた何かを、モンスターが食べていた。

「モンスターに餌をやっているのか？」

そんなのは聞いたことがなかった。

「とりあえず話を聞いてみるか」

見たところ武装もしていない。何らかの《**職業**》持ちだったとしても、三対一なら対処できる。

「そこで、一体何を——」

言いかけたところで、マルク達に気づいた男が逃げ出した。手にしていた樽を捨てて、全力疾走だ。

「私が捕まえるわ」

ヨランダは素早く跳び上がると、木を蹴って空から男に接近する。

迫りくる影に気づいたときには遅く、男は空から振ってきたヨランダに組み伏せられていた。

「どうして逃げたのか、聞かせてもらいましょうか？」

「それと、撒いていたこれは何なのかもな」

「ぐっ……くひひ」

あっさりと捕まってしまった男は、観念したのか抵抗もせず話し始めた。

薄っすらと笑いながら、充血した目をマルクへ向ける。

「そいつはモンスターの餌さ。食ったモンスターの体内を汚染して、より凶暴に、凶悪に作り変えるものらしい」

「……どうしてそんなことを」

その汚染によって、村の作物は育たなくなっている。そうでなくとも、モンスターを凶暴にするなんて、普通は考えないことだ。

「さあな。おれは仕事だからやってるだけだ。こうでもしなきゃ生きられない。モンスターに近づくなんて最初はビビったが、餌さえ与えて満腹にさせれば、とりあえず寝床へ帰っていくしな」

「自分が何をしてるかわかってるのか？」

問いかけられた男は、少し紫に変色した歯を見せて笑った。

「仕事だよ。村の連中が俺から奪ったものさ。農作物の代わりに、モンスターを育ててるだけだよ。くひひひひ」

不気味に笑う男を確保して、マルク達は村へ戻ることにした。

「牢屋ってのは素直にしてりゃ、最低限食わせてもらえるらしいな。だとしたらモンスター汚染と一緒で、村よりはましってことだ、くひひひひ」

捕まっても男は態度を崩さない。おかしくなっているのか、笑い続けている。

証拠品となる餌を持って、一行は山を下りていった。

十話　孤児院と《銃使い》

マルク達三人は山を下り、村へ戻ってくる。

最初に一番端にある孤児院が見え、その向こうには村が広がっていた。

「くひひひひ」

男は抵抗せず、笑っているだけだ。

孤児院が近づいてくると、ちょうど中から誰かが出てきた。

「あ……」

マルクは思わず声を上げる。出てきたのはメイド服姿の女性。それは以前、変異種を横から奪って持ち去ったあの金髪メイドだ。

メイドは孤児院を出ると、小走りに去っていく。

「ぎりぎり届かないわね」

ヨランダは冷静にそう言った。

「気づかれずに接近するのは無理だよね」

ユリアナもメイドの後ろ姿を見ながら、諦めたように言う。

「どっちにしても、今はこっちを優先だ。下手に両方狙って、逃げられたらまずい」

「きひひひ。おれは逃げないから、あいつを捕まえに行ってもいいんだぜ？　なんなら先に村に戻って、村長にでも挨拶してくるさ。きひひひひ」

男と村の間で何があったのかは知らない。だが、マルク達は身分上ギルドの奴隷で、与えられた任務はこの村周辺の変異種に関する調査だ。

あくまで目的をしっかりこなすべきで、横取りしたメイドについては今回じゃなくてもいい。

「手がかりは掴めそうだしな。どのみち日も暮れるし、今日はこの村に泊まることになる。あとで孤児院に話を聞きに行けばいいさ」

「そうね。身元や拠点さえわかれば、ギルドから正式に抗議できるでしょうしね」

それにマルクとしては、やはり人と殺し合いをすることに踏ん切りがつかないのだ。これは、過去のこととはいえ日本人だったからかもしれない。

銃の知識や対抗策など役立つことも多い元日本人としての感覚が、初めて足を引っ張っている気がした。

一度敵対した時点で、ユリアナやヨランダはあのメイドとの戦闘には抵抗がないみたいだ。

ギルドからの抗議で丸く収まるなら、わざわざ戦いたいとまではいかないようだが、危険は排除しておきたいという気持ちがあるのだろう。

そのほうが正しいのかもしれない。なにせ相手は、いきなり襲い掛かってきた相手なのだ。

襲ってきた理由や事情が分かって、ちゃんと解決されない限り危険であることは間違いない。

それでも、マルクはどうしても尻込みしてしまう。

(甘いよな……)

自分でもそう思うものの、生理的な忌避感はどうしようもなかった。

†

「お前は……」

「くひひひ、調子はどうだい、村長。くひひひひひひ」

原因らしき男を捕まえた報告と、今日は村に泊まること、一晩男を見張っていてほしいことを告げるため、村長の元を訪れた。

やはり男はこの村出身のようで、村長に会うとその歪な笑みをより濃くした。

「この男が土壌を汚染していました。仕事だと話していたのですが、何か心当たりはありますか？」

「土壌を汚染!?」

村長は驚いた顔をしたあと、男を睨みつける。

「くひひひひひ。他に仕事がなかったもんでねぇ。くひっ、くははははっ」

男の哄笑に、村長が奥歯を噛み締めた。

どんな事情があれ、ギルドからの命令である以上、この男を連れていく以外の選択肢はマルクにはなかった。

「いや、この男がふざけたことをするのはともかく、入れ知恵をするような人間に心当たりはありませんな」

「そうですか。では、そちらはギルドが吐かせるでしょう。明日、この男をギルドまで連れて行くので、今晩見張っておいていただけますか？」

マルクの言葉に、村長は大きく頷いた。

「ええ。絶対に逃しません。きっちりギルドの取り調べを受けさせてやります」

「よろしくお願いします」

村長の言葉に嘘はなさそうだ。こっそりと男を私刑にすることもないだろう。

そんなことをすれば、ギルドの怒りを買う。

今回探索者が派遣されたのは、ギルドと村の仲が良好だったからだ。

大幅に機嫌を損ねれば、どれだけモンスターに襲われようと探索者の派遣はないし、少し機嫌を損ねても、足元を見られて依頼の値段を上げられることだろう。

その分、ギルドに頭を垂れている村などには、アピールも兼ねて甘い態度を見せる。

決していいやり方とは言えないが、そうやってギルドは大きな力を持ち続けているのだ。

犯人の男を村長に任せ、マルク達は先程の孤児院に向かうことにした。

メイドの正体を確かめるために。

†

マルク達は、先程メイドが出てきた孤児院を訪れた。

大きな建物は歴史を感じさせ、その年月の割には綺麗であるものの、所々に補修の跡や、補修しきれていない部分が見られる。

ノッカーを鳴らし、声をかけてみた。

「その、お話を伺いたいのですが」

「どうしましたか？」

中から出てきたのは、おばあさんだった。

おばあさんと言っても、ややがっしりとした体格はパワフルさを感じさせる。

「まあ、立ち話もなんですから、中へどうぞ」

彼女はマルク達三人を軽く眺めると、そのまま中へ招き入れた。

「探索者の方がこの辺りに来るなんて、珍しいですね。こら、あんた達、部屋に戻ってなさい！」

マルク達には穏やかに話していたのだが、珍しい客人に興味をもった子供達がわらわらと集まってくると、彼女は途端に大きな声を出した。

怒っている感じは受けず、単純に声が大きいのだろう。ただ、五歳から十歳くらいの、やんちゃ盛りらしき子供達がとても素直に従ったところを見ると、普段は結構怖いのかもしれない。

「それで、どのようなご用件で？」

彼女は僅かばかりの警戒をにじませる。

珍しいモンスターの報告をしたら、派遣されてきた探索者。

そこまでの情報は、狭い村のことだ。知れ渡っていることだろう。

だが、その探索者が孤児院に来る意味が、彼女には分からず警戒しているのだ。

「いえ、先程村に戻ってきたときにここから出てきた女性が、知り合いの《**銃使い**》に似ていたので」

マルクがそう切り出すと、彼女の顔はぱっと明るくなった。

「ああ、リュドミラの知り合いかい！　そうかそうか、彼女も探索者だものね」

おばあさんは親戚を自慢するかのような雰囲気で大きく頷いた。

リュドミラ……今はギルドに顔をだすことのない《**銃使い**》として、資料で見た名前だ。

「ええ。彼女は何をしにここへ来ていたのかな、と。もしかしたら、ギルドの手違いで彼女と依頼がバッティングしてしまったのかと思いまして」

そう切り出したマルクに、おばあさんは大きく首を横に振って否定した。

「違うよ違うよ。あの子は商会の仕事でここへ来たんじゃない。皆さんの仕事とかち合うことはありませんよ」

「そうなんですか？」

名前がはっきりした以上、ギルドに報告すれば彼女の調査は進むだろう。商会と言っていたから、変異種の横取りを狙ったのはその商会とやらだろう。

「ええ、ええ。彼女はここの出身でね。今日も、ただ家に帰ってきただけなんですよ。忙しいなんていって、すぐにまた出て行っちゃったんですけどね」

おばあさんは楽しそうにそう言って、どんどんと言葉を続ける。

「あの子は商会付きの探索者なんてすっごい出世しちゃってね。《**銃使い**》なんてもんをもってるから、やっぱりすごいんだろうねぇ……。探索なんて縁のないあたしにはわかんないけど、なんたって商会に気に入られて雇われてるくらいなんだから」

娘自慢が止まらないおばあさんは、もうマルクの返事など聞かずに次々話を続けていく。

「それにすごくいい子でね……ここの経営があまり良くないのを知って、お金を持ってきてくれるんだよ。ほら、不作だっただろ？　余裕があるときは村の人も孤児院を助けてくれるんだけど、なにせ自分達だって食うや食わずの状態になっちゃうとねぇ……。そんなときに、あの子はいつもより多く援助してくれて……自分ひとりじゃそんなに使わないからってね」

おばあさんの話を聞いて、マルクは少し後悔していた。

最初はいきなり現れて獲物を横取りし、こちらへ発砲してくる危ないヤツでしかなかったのだ。

しかし、おばあさんの話を聞いていると、彼女は決して悪い人ではない。もちろん、娘贔屓で美化されていたり、いきなりマルク達を襲ってきた件をはじめ、おばあさんの知らない悪事もあったりするのだろう。

しかし、それも孤児院を助けるため。商会の仕事として行っているのだと知ると、襲ってきた悪いやつだから倒してしまおう、とは割り切れない。

マルクが横を見ると、おとなしくしていたユリアナやヨランダも微妙な表情をしている。

襲ってきたリュドミラを危険視する思いはマルクより強いふたりだが、この話を聞いて「それはそれ。悪事は悪事」と割り切ってしまえるほど冷淡ではない。

孤児院に来たことで、謎のメイドの調査は一気に進んだ。しかしその半面、素早く安全に排除するために彼女を殺すというのは、とても難しくなってしまった。

「今日だって寄ったついでだからって、屋根を直してくれてね。ほら、あの子は銃を持っていると身体能力もすごいだろ？　それでちょいちょいっとね。本当、あの子は――」

その後も止まらないおばあさんの娘自慢を、三人は気まずい思いで聞かされ続けたのだった。

十一話　ふたりと一緒に

宿に入った三人は、ひと心地つく。

モンスターを汚染し、変異種を作り出していた男は明日都市へ連れて行ってギルドに引き渡す予定だ。それも村長達が見張ってくれているし、この村ですべきことはもうない。

あとは、変異種との戦闘で魔術を使ったので、制約を果たすだけだ。

「今日は三人で一緒にしない？」

「えっ!?」

ヨランダが突然提案して、ユリアナが驚きの声を上げた。

三人で、というのはもちろんマルクの制約についてだ。

声こそ上げていないものの、マルクも驚きの表情を浮かべていた。

これまで、相手や内容については色々あったが「三人で」というのは初めてだった。

元々があくまで制約のため、ということも大きい。

最近はその建前を超えることも多いとはいえ、三人でというのは最初から楽しむことを前提にしている内容だ。

「どうして三人で、なの？」

戸惑いながらも少し興味があるのか、ユリアナがそう尋ねる。ヨランダはその質問に笑みを浮かべると答えた。

「街と違って普段知ってる場所じゃないし、最中にひとりだけ外へ出ているのも難しいでしょ？　それに、制約を果たせれば、その方法は問題にならないはずじゃない？」

「確かに、多くてダメってことはないね」

マルクは素直に頷いてから、自分の言ったことに気づいて慌てて手を振った。

美女ふたりに囲まれていれば、当然マルクだってふたり一緒にというのは興味がある。

しかし、自分の制約に彼女達、特にユリアナをつき合わせているという思いがあるので、なかなかその内容については言い出しにくい部分がある。

「だから三人でしましょう」

そこで、ヨランダがユリアナにそっと耳打ちした。

「マルクは鈍いから、もっと攻めなきゃダメだよ」

「なっ――――！」

ユリアナは驚いてヨランダへと顔を向けるが、開きかけた唇は彼女の指に塞がれてしまう。

「ね？」

そのまま畳み掛けるヨランダに、ユリアナは顔を赤くしながら小さく頷いた。

そして、ヨランダはマルクへと振り返る。

「マルクもそれでいいでしょ？」

「うん、ふたりが良ければ」

落ち着いた声を意識しつつも、少しドキドキしながらマルクは頷いた。

ただでさえ魅力的な彼女達と同時に、だなんて、男として昂ぶらないはずはないのだ。

「まずは脱がしていくわね。ユリアナは、先に脱いでいてね」

ヨランダはマルクに近づくと、彼の上着に手をかけて順番に脱がしていく。

その向こうには、自分で服を脱ぎ始めているユリアナの姿が見えた。

自身も脱がされながらユリアナの脱いでいく姿を眺めるというのは、普段なら味わえないことで、マルクを興奮させた。

「わっ！」

自分の服がパサリと落ちるのに合わせ、ユリアナの服も脱げてその白い肌が露出する。

赤裸々に晒されて彼女の胸に見とれていると、ヨランダの指がマルクの乳首を弄った。

「ふふふっ……さ、下も、えいっ」

ヨランダが勢いよくズボンと下着をずらすと、半勃ちになった肉竿が顔を覗かせる。

もうマルクの肌を隠すものは何もない。

同じように全裸になっていたユリアナが、その肉竿に目を奪われていた。

マルクを脱がせ終わったヨランダが、今度は自らの服に手をかける。

裸のマルクとユリアナはベッドへ向かい、その横で向かい合う。

「えっと……」

ふたりきりではないし、突然のことでムードもない。けれど互いに裸という状況に、気恥ずかしさを感じるふたり。自分が裸であることは照れつつも、相手の身体は気になってしまう。

そうやってふたりがまごついていると、服を脱ぎ終えたヨランダがそのままふたりを押し倒した。

「きゃっ」

「もう、ふたりとも何やってるの？　ほら、ちゃんとマルクを気持ちよくさせないと」

そう言って、ヨランダはベッドに倒れたマルクの右太腿に跨って、肉竿を軽く掴んだ。

「まずはふたりで舐めてあげましょう？　ペロッ」

「あうっ」

亀頭の部分を舐め上げられて、マルクが思わず声を上げた。

肉竿に舌を這わせ始めたヨランダを見て、ユリアナも彼の左の太腿に跨った。

「わたしも……レロっ」

「ぐっ……」

ユリアナの舌は肉竿の裏を舐め上げる。二つの舌から愛撫を受けたマルクは、その気持ちよさに大きくなった肉竿をヒクつかせることくらいしかできない。

「ベロッ、レロレロ、チュッ！」

「んちゅっ……ペロペロ」

美女ふたりのフェラを受けて、マルクの肉竿は雄々しくそそり勃っている。

唾液に塗れてテラテラといやらしく輝くそこを、彼女達の舌が這って舐め回す。

ニチョ、レロ、チュプッ！

ユリアナが先端を咥えて舌を回すと、ヨランダは幹の部分を唇で挟み込んでくる。

ヨランダの唇が肉竿の横側を往復して、精液を誘ってきた。

「ん、じゅぶっ！　じゅるっ！　ちゅぅぅぅうっ」

「ああっ、ユリアナ、そんなに吸ったら！」

亀頭部分を咥えていたユリアナが、強烈なバキュームで肉竿を吸い上げた。

フェラでしか味わえない快感に、マルクの睾丸はきゅっと吊り上がり、精液が駆け上ってくる。

「ん、そろそろ来そう」

ふたりは一度口を離し、今度は左右から肉竿を唇で挟み込んだ。

そして、上下に頭を動かしていく。

竿の根本から先端までを、ふたりの唇が往復する。その際に舌が突き出され、より鋭く肉竿を愛撫した。ふたりの美女が顔を寄せあって、自分の肉竿をしゃぶっている。その姿を見ているだけで、快感は更に大きくなった。

「ああっ、もう、出るっ！」

「はむっ、レロレロ！」

「ベロベロ、レロン！」

ふたりの舌と唇が、肉竿を容赦なく責め立てる。そして快感が爆発した。

「あぐ、ああああっ！」

勢いよく噴射した精液が、ふたりの顔へと降り注ぐ。

「あっ、すごい勢い、んっ！」

「熱いの、いっぱい振ってくる」

噴水のように飛び出したザーメンが、彼女達の顔を白く汚していく。

ドロドロの白濁液を受けて、ふたりは陶酔していた。

精液が出きったのを確認すると、ヨランダはその先っぽを軽く吸って、中に残った分まで吸い出した。射精後の敏感なところを吸われ、肉竿がビクッと跳ねる。

「ね、マルク……私のここに、それをちょうだい？」

肉竿を口から離すと、ヨランダは彼におしりを向けて四つん這いになった。

その割れ目からは既に愛液を溢れさせている。

「わ、わたしもっ……」

隣で見ていたユリアナも、同じように四つん這いになり、アピールするようにそのおしりを振ってみせた。

「ああ……」

自分に差し出されるふたりの割れ目に興奮しないわけなどなく、すぐに復活した肉竿をまずはヨランダに突き刺した。

「あぁっ！」

性急な挿入にもかかわらず、既にしっとりと濡れていた蜜壺は肉竿を躊躇いなく呑み込んだ。

震える膣襞が肉竿に絡みついてくる。

「折角三人なんだし、ユリアナもこっちに」

「う、うん……」

頬を染めたユリアナは首をひねってこちらを確認しつつ、おしりを突き出したまま下がってくる。

「えいっ！」

ヨランダから素早く肉竿を引き抜き、近くに来たユリアナの膣に挿入する。

「んぅぅっ！　い、いきなり、奥までっ」

「あっ、ユリアナ、そんなに引っ張ったらっ」

突然の挿入に腰を砕かれたユリアナは、そのままベッドに突っ伏してしまう。

挿入していた肉竿を根本から下へと引っ張られ、マルクは痛気持ちよさに呻いた。

ユリアナはすぐに体勢を直し、再びおしりを突き出してくる。

「もう大丈夫だよ」

ヨランダとユリアナは隣に位置し、二つのお尻、そして蜜をこぼす割れ目が並んでいる。

どちらも愛液とともに女性のフェロモンを溢れさせていて、マルクの肉竿は限界まで反り返っていた。

「それじゃあ、いくよっ」

マルクはヨランダの腰を掴むと勢いよく挿入し、そのまま激しくピストンした。

「んあぁぁあ！　あっ、は、んぅっ……」

「わ……ヨランダの顔、すっごい蕩けちゃってる……」

隣で気持ちよさそうに喘ぐヨランダを見て、ユリアナが息を呑む。

マルクは肉竿を引き抜くと、そんなユリアナの蜜壺にねじ込んだ。

「きゃうぅっ！　やっ、わたしも乱れちゃうのぉっ！」

先程自分がヨランダを見ていたこともあって、見られることを意識したユリアナは大きな声を上げた。

「見られて喜ぶなんて、ヨランダの提案は大正解みたいだったね」

「やっ、違っ……あぁっ！」

ユリアナは否定しようとするものの、膣内はとても正直で、いつも以上にきゅうきゅうと肉竿にまとわりついて離れない。

「ユリアナ、もっと感じてる顔を見せて？」

ヨランダがユリアナの顔を自分のほうへと向ける。

「あっ、やっ、ダメぇっ……見ないで、んはぁぁっ！」

至近距離で感じ顔を見られて、ユリアナはますます快楽に溺れていく。

締め付けてくる膣内を蹂躙するように、強く腰を打ち付けた。

「あっ、待って、もう、イク、イっちゃううぅぅっ！」

絶叫を上げながら体を大きく反らせて、ユリアナが絶頂した。

「あっあっ！　待って、こんな顔、奥グリグリするのダメぇっ！」

絶頂顔を見られる羞恥と、イったばかりの膣内を激しくかき回される快感。

「あめっ！　あっあっ、やぁっ！　イク、イッちゃう、んはぁぁぁぁあぁっ！」

ユリアナの快楽はオーバーフローして、彼女の身体が再びビクンビクンと震えた。

「あふっ……」

そのままぐったりと力が抜けて、彼女は倒れ込む。ずるりと抜けた愛液まみれの肉竿は、まだガチガチのままだ。

「少し激しすぎたんじゃない？」

そのまま気を失ってしまったユリアナを見て、ヨランダが問いかける。彼女の顔には少しの申し訳なさと、それを上回る期待が浮かんでいた。

「分かってるよ」

マルクは頷くと、ヨランダのおしりを掴んで左右にぐいっと広げる。その真ん中で、ヨランダの淫花が大きく花開く。内側では襞がヒクヒクと蠢いている。蜜を溢れさせて男を誘うそこへ、マルクは肉竿を突き立てた。

「あぁぁあああっ！　やっ、すごっ……」

最初からラストスパートとばかりに、激しい抽送を行っていく。

「あうっ！　あっ！　んはぁぁっ！」

ヨランダの声も激しさを増し、膣内が細かく震えて肉竿を貪る。

これまで積み重なった快感と、ヨランダの膣内に押し切られて、マルクは限界を迎えていた。

「もう、出るぞっ……」

「来てっ！　全部、受け止めるからっ」

きゅっと締まる膣内の、一番奥まで肉竿を押し込む。

ビュクッ！　ドピュッ、ビュククンッ！

彼女の一番奥で射精して、その精液をしっかりと注ぎ込む。

「あうっ、出てっ！　すご、あぁっ！　ひぃあああぁぁぁあっ！」

熱い精液を中出しされて、彼女も耐えきれずに絶頂した。

体力を使い果たして、そのまま倒れ込む。

いつもより激しい行為を終えた三人は、ベッドに並んで夜を明かしたのだった。

十二話　都市への帰還と解放

翌日、マルク達は昨日の男とともに馬車に乗り、都市へと帰還した。

その足でギルドへ向かい、まずは男を引き渡す。

窓口などの職員とは違う、探索者上がりのいかついギルド職員が、男を連行していった。

「お疲れ様でした。それでは報告を聞かせていただきますので、奥の部屋のほうへ」

「分かりました」

職員に促され、三人は奥の部屋へと通される。まだ詳細の分かっていない変異種という、あまり他の探索者や街人に聞かれたくない話題のおかげで、すっかり奥に通されるのも慣れてしまった。

最初は何事かと緊張もしていたが、今では普通の顔をして入っていける。だが、一通りの報告を聞いた職員が一度下がり、ギルド長が現れると、マルク達は久々に緊張したのだった。

「報告は聞いた。ありがとう」

ギルド長はそう言うと正面のソファーへと腰掛ける。

「しかしまさか、変異種の正体が汚染によるものだったとはな……」

ギルド長は言葉を区切ると、苦々しげに呟いた。

「それも、人為的にとは」

変異種はギルドにとって、かなり大きな問題だった。

ただでさえ凶暴なモンスターが見境いのないほど攻撃的になり、しかも強さも上がる。またマルク達が最初の一体を倒すまでは、目にした段階で逃げた者しか生き残っていなかったのだ。

探索者に倒せないとなれば、もうどうしようもない。そんな事実を知ってパニックになるのを避けるため、ずっと秘密裏に調査を続けてきた。

マルク達が討伐例を作ってくれたことで希望が見えたものの、その発生メカニズムなど、調べなければならないことはたくさん残っていた。

だが、それも実行犯の男が捕まったことで、一気に解決へと進みそうなのだ。

当然、単独犯ということはないだろう。モンスターを変質させるための物質などは、そうそう手に入る物ではないはずだ。少なくとも、村からはぐれただけの人間に用意できるものではない。誰かが、裏でやらせているのだ。

それも、男を取り調べれば分かること。実行犯を確保したことで、状況は一気に進展する。

「本当に助かったよ。君達のおかげだ」

ギルド長は改めてそう言うと、三人のなかでも特にマルクとユリアナへと目を向けた。

「今回の功績をねぎらって、君達ふたりを開放しようと思う」

「「えっ!?」」

突然の提案に、マルクとユリアナは驚きの声を上げた。

「ああ、そうは言っても、変異種絡みの事件には引き続き協力してくれると助かる。ただ、これからは奴隷としてではなく、ギルド員のひとりとして参加してほしいのだ」

「ありがとうございますっ！」

ユリアナが満面の笑みを浮かべながらお礼を言った。

ギルド員である以上、奴隷でなくてもギルド長直々の依頼を断ることはまずできないだろう。それに奴隷の今も不自由しているわけではない。実質的な立場というのは、そう変わらないのだ。

だが、身分の差は大きい。これで彼らは、職業も自由に決めることができる。都市を出て村へ帰ることも可能になるのだ。

実際普段することが同じでも、いつでも生活を変えられる自由がある、というのは精神的に大きく違うのだ。

「それでは、ふたりを開放する」

ギルド長が刻印に触れ、起動させる。奴隷の刻印は強く光り輝き、ふたりの肌から消えていった。

ふたりを長年縛っていた刻印は、意外なほどあっさりと消える。

「本当に……」

刻印のあった場所を撫でながら、マルクが呟く。

そこにはもう跡すらなく、ただ元通りの肌があるだけだった。

「ありがとう。そして、これからもよろしく頼む」

「「はいっ」」

マルクとユリアナは元気に返事をし、そんなふたりをヨランダが見守っていた。

「また、後日相談することもあると思う。だが、ひとまずはあの男をみっちり絞り上げて情報を吐かせることになる。今回の報酬は明日にでも用意しておくから、あとは好きに過ごしていてくれ」

「分かりました」

マルク達は頷いて、部屋を出た。

†

「なんだか、実感がわかないな……」

マルクがそう呟いた。

三人は奥の部屋を出て、カウンターのある入り口付近まで戻ってきた。

そこには様々な探索者達がいて、発掘品の換金をしたりアイテムを購入したりしている。

手に入れたばかりの金を持って、そのまますぐ側の酒場に飲みに行く探索者も多い。

奴隷から開放された今、彼らと全く同じ立場なのだ。

もう、マルク達は自由だった。

これからはどこへ行ってもいいし、何を仕事にしてもいい。何かに縛られることなく好きに生きていいのだ。

「なんだか、実感がわかないな」

「本当に良かったねっ！」

再び同じことを呟いている反応の薄いマルクとは対照的に、ユリアナは全身で喜びを表現している。彼女が跳ねるたびにその大きな胸が悩ましく揺れ、ギルドにいた探索者達の視線を集めていた。

そんなことには全く気づかず、ユリアナはマルクに飛びついて、その腕をぐっと胸に寄せた。

柔らかな感触が腕に伝わり、離れるよう口を開きかけたマルクだが、彼女を狙う数多の視線に気づくとユリアナに寄り添ったまま歩き出した。

「ふたりはこれからどうするの？」

街を歩きながら、ヨランダが声をかけてくる。

「しばらくはこれまで通りかな」

「そうだねっ。元々、探索者になろうって話をしてたし」

マルクとユリアナが素早く答えて、ヨランダは微笑んだ。

奴隷から開放された高揚もあってか、今日のユリアナは素直で積極的だ。

そしてマルクもそれを素直に受け止めている。

元々仲の良かったふたりだから、これが本来の姿なのかもしれない。

ヨランダはそんなふたりを微笑ましく眺めながら、彼らの少し後ろを歩く。

マルクとユリアナはやはりお似合いだ。

自分と出会うずっと前から一緒だったふたりを見て、ヨランダは少しだけ寂しさを感じた。

「ヨランダも、ほらっ」

ユリアナが手を伸ばし、彼女を引き寄せる。

突然腕に抱きつかれたヨランダは、よろめきながらユリアナの隣に並ぶ。

両側にマルクとヨランダを抱いて、上機嫌なユリアナが笑う。

普段はしっかりして見えるが、彼女は一番年下なのだ。

年齢相応とも言える彼女の振る舞いにマルクとヨランダは笑みを浮かべた。

そのまま三人で、広い都市の街路をゆっくりと歩いていくのだった。

第三章　英雄日和

一話　平凡な日々

奴隷から開放されて、数週間が過ぎた。

新たな変異種絡みの事件もなく、マルク達は一探索者としての生活を始めていた。

マルク達が捕まえた実行犯の男は、なかなか口を割らず、たまにしゃべっても要領を得ないことばかり言っていたらしいのだが、ついに核心を白状したらしい。

そんな報告をギルドから受けたとき、また変異種絡みの話が回ってくるのだろうな、とマルクは思った。

裏で糸を引いている者がいるなら新たな実行犯が出てもおかしくないし、あの男が汚染していたモンスターだってあれだけとは限らない。

ユリアナとヨランダと三人で、日々の暮らしに必要な分の発掘品を拾っては売っていたマルクは、それなりに満足した日々を送っていた。

ギルドの側を歩いていると、正面から歩いてきた大柄な男が話しかけてくる。

「よう、マルク。今日は休みか？」

「ああ。たまには休んで、昼間からお酒を飲まないとね」

「違いない！」

ガハハハと豪快に笑いながら、男は手を上げて去っていった。

今の男は、同じギルドに所属する探索者だ。

奴隷の刻印が消えたときから、他の探索者達が話しかけてくるようになった。

これまでは奴隷だったから知らなかったが、探索者同士というのは、結構気軽に話しかけ合うもののらしい。

というのも、そうやってみんなと話していると色々な情報が入ってくるからだ。

それぞれ好き勝手動いている自由な仕事だからこそ、横の繋がりは大切だ。

それを知ってから、マルクは酒場へも顔をだすようになった。

奴隷はあくまで、探索者の装備品みたいなものだ。それがギルド所属かどうかなんて見た目にはわからないし、他の探索者の持ち物にちょっかいを出すなんて揉め事の種にしかならない。

だからこれまで、奴隷の刻印があるマルク達に話しかけてくる探索者はいなかった。

だが、もう違う。

刻印が消えた今、ギルドに出入りするマルク達は、対等なギルドの仲間だ。

だから見かけたら声をかけたり、そのまま一緒に飲んだりする。

最初は戸惑っていたマルクも、最近はそれに慣れてきた。

マルクはギルドの向かいの酒場へと入っていく。

今ではこうして、昼間から酒場に来てしまうくらいなのだ。

そんな彼のことを、ヨランダは「悪い友達に影響されている弟」を見るような気持ちで心配していたのだが、それはまた別の話。

マルクが酒場に来るのは、ただ飲みたいからではない。

酒場に来たからには飲むけれども、それは探検者としての礼儀であり、不可抗力だ。

こんな言い訳をユリアナにしたら、両手で頰を押さえつけられて「マルク、目を覚まさきゃダメだよ！」と怒られてしまうこと間違いなしだが、決して堕落しているわけではない。

これは情報収集なのだ。

探索者として数年活動しているマルクだが、そのほとんどは奴隷としてだ。リーダーの言うことに従って、遺跡の探索をしていただけ。

モンスターと渡り合うことについては既に中堅以上の力を持っているものの、パーティーの舵を取るという点についてはまだまだ素人だ。

奴隷という身分で他の探索者と交流することもなかったので、知らないことが多い。

ちょっとした判断基準とか、探索者が共有している危機管理術、発掘品の正当な取引額や、変わったお宝の話。

探索者なら知っていて当然、知っていると得になるようなことを、一から学んでいかないといけない。

そのためこうやって、様々な探索者と交流を持っているのだ。

「あ、マルクじゃん。ほら、こっちこっち！」

酒場では既に出来上がっているパーティーもある。

そんななかの一つがマルクに声をかけ、手招きした。

マルクは、自分に呼びかける女性探索者の元へ歩いていくのだった。

†

環境の変化は、マルク以外にも影響を与えていた。

情報収集、として休日に飲みにいけば様々な探検者に話しかけられるマルクだが、それは仕事帰りのギルドでも変わらない。

活気に満ちた夕方のギルドに、ヨランダ達三人はクエストを終えて帰ってきた。

彼女達以外にも遺跡から帰ってきた探索者達が、成果を売った金で必要なアイテムを買いに来たり、職員へ報告を行うために訪れていた。

報告へ向かうためカウンターに向かったマルクを見送ったヨランダとユリアナは、部屋の隅に座り込んだ。

三人でカウンターへ行っても邪魔になるだけだ。どのパーティーもカウンターへ向かうのはひとりで、あとはヨランダ達と同じように、壁際の椅子や他の座れる場所に腰掛けたり、知り合いを見かけて話に行ったりしている。

ヨランダとユリアナは座ったまま、ぼんやりとマルクの背中を眺める。

最初はふたりでこうしていると声をかけてくる男性探索者が多かったのだが、最近はマルクのおかげで、そういったナンパ目的のようなものはなくなっていた。

もちろん、探索者同士としての話は、男女問わず行われている。

ヨランダはギルド内の様子に目を移してみる。メンバー募集の張り紙がしてある掲示板が目に入った。

最近はめっきり利用していない。昔はよく、あそこで一回限りの募集などを探して、参加していたのだ。

今はマルク達のパーティーに入って、ずっと一緒に行動している。

こんなふうに一つのパーティーに腰を落ち着けることになるなんて、思っていなかった。

財布泥棒は結局捕まらなかったけれど、今ではあの日財布を取られてよかったとも思っている。

こうして、マルクやユリアナに出会えたのだから。

「うぅうう……」

隣のユリアナが急にうめき出したので、ヨランダは彼女の視線を追った。

「なるほど」

一目で納得する。

マルクが女性探索者ふたりに声をかけられて、話し込んでいたのだ。

ユリアナやヨランダに声をかけてくる男性探索者は減ったが、マルクに声をかける女性探索者は多い。

まず、マルク自身がそのあたりに無頓着だからだ。

基本的に好意に鈍いので、同業者として話しかけられているときと区別がついていない。

それに、既にユリアナとヨランダを連れていることもあって、あまり一途だとは思われていないのだ。

この都市――特に世間体を気にする必要がない探索者は、一途でいるのも、多くに手を出すのも自由だ。

一途なほうが好感をもたれやすい、という空気はあるものの、都市に重婚や浮気を咎めるようなルールはない。

当人同士が良ければそれでいいのだ。

そういうこともあって、マルクに声をかける女性は多くいる。基本的にいかつくて男らしさに溢れすぎる者の多い探索者のなかで、《**魔術師**》であるためマッチョではないマルクは珍しくもあるのだろう。

そんなわけでマルクが声をかけられているとき、ユリアナはこうして心配そうにそれを見ているのだ。

「そんなに気になるなら、告白すればいいのに」

ヨランダの言葉に、ユリアナは顔を赤くしながら、両手をぱたぱたと振った。

「そんなんじゃっ……ただ、その……」

だんだんと声は小さくなり、そのまま照れてうつむいてしまう。

恥ずかしがるユリアナを見ているのも可愛いが、マルクがいつまでもひとりでいるとは限らない。

恋人とまではいかなくても、制約の件を他の人に頼む可能性だって、十分にある。

最近はああして声をかけられていることも多いし、そのなかにはぐいぐいくるタイプの女性もいるかもしれない。

そうなれば、マルクが流されないとも限らないのだ。

「もう奴隷じゃないんだし、早くしないと盗られちゃうかもよ？」

「えっ!?」

ユリアナは驚いたような声を上げるが、現に今、話しかけられているマルクを見て、納得したようだった。

「好きならちゃんと告白して、繋ぎとめておかないと」

ヨランダの言葉に、ユリアナは深く頷いた。

年上ぶってそんなことを言ってみたが、ヨランダは恋愛経験の豊富なタイプではない。これも、他の探索者が話していたのをそのまま借りてきただけだ。

「決めました」

ばっと立ち上がって、ユリアナがヨランダにだけ聞こえるよう小声で宣言した。

「わたし、マルクに告白するっ」

「……そうね」

急な決意に一瞬驚いたものの、ヨランダは柔らかく微笑んだ。

告白さえすれば、きっとふたりは上手くいくだろう。これまでだって、ずっと一緒だったのだ。

今更、という気さえするくらいに。

二話　ユリアナの告白

「マルク、ちょっといいかな……？」

「うん？　どうしたの？」

探索者としての暮らしも安定してきたこともあり、今では三人それぞれにシングルの部屋をとって過ごしていた。

そんな宿の一室に、ユリアナが訪れてきたのだ。

マルクはドアを開いて、彼女を迎え入れた。

「……どうしたの？」

ドアの前に立っていた彼女の緊張に、マルクは改めて問いかける。

普段の明るい感じとは違う、真剣な表情のユリアナだ。

彼女の様子にただならぬものを感じながら、マルクは部屋に迎え入れる。

シングルの部屋ということで、広さはさほどない。

マルクはベッドに腰掛けて、彼女に椅子を勧める。

素直に椅子に座った彼女を見つめて、何の用かと問いかけた。きっと、大事なことなのだろう。

「うん……」

意を決したように頷くと、ユリアナは座ったばかりの椅子を離れ、ベッドに腰掛けるマルクの隣に来た。

そして、横に座る彼の手を握る。

驚いたマルクが彼女を見るが、ユリアナの視線はまっすぐに前を向いており、目は合わない。

だが、彼女の横顔が緊張しているのははっきりと分かった。

「あのね……」

そこでマルクへ顔を向けた彼女は、思った以上の至近距離に恥ずかしがり、一度目をそらした。しかし、決意を固め直して、まっすぐに彼を見つめる。

その真剣な眼差しに、マルクも緊張してしまう。ユリアナとの付き合いは長いが、こんな様子の彼女を見るのは珍しい。いつもは朗らかでお節介な彼女が、余裕のない顔をしている。

「わたしね……マルクのことが好きなの」

あまりにもストレートな告白で、マルクは思わずただ頷いてしまった。

「最近、マルクがいろんな女の人に話しかけられてるのを見て、どっか行っちゃうんじゃないかと思って……」

そのまま言葉を続けようとしたユリアナを、マルクはぎゅっと抱きしめた。

彼女の細い肩に腕を回して抱き寄せると、細いながらも柔らかな身体の感触が伝わる。

「どこへも行かないよ」

少しだけ力を緩めて、彼女と見つめ合う。

ユリアナはそっと目を閉じた。

マルクは、優しく彼女と唇を重ねる。小さな唇は柔らかく、少し甘い。

「マルク……」

一度唇を離すと、今度は彼女のほうからキスしてくる。

啄むような軽いキスを二度重ね、マルクはその唇を舌で舐め上げる。

同じように伸ばされてきた彼女の舌を絡め取って舐める。

「んぅっ……んっ」

唾液が混ざり合い、チュプっと音を立てる。

口を離すと、ふたりの舌からどちらのものともつかない唾液が滴った。

「あっ……」

マルクはユリアナの肩を掴むと、丁寧にベッドへ押し倒す。

途中からはむしろ、ユリアナのほうが早く倒れ込んで彼を引っ張った。

「ちゅ……んっ……」

ユリアナを仰向けに押し倒し、再びのキス。

そして、彼女の服へと手を伸ばしていく。

「んっ……今日のマルクは、いつもより積極的だね」

「ああ。そうだね」

いつもは制約のことがあるので、どちらかというと受け身が多い。

しかし、告白された今となっては、男として積極的に動くことにしたのだ。

彼女の胸元を開いていく。襟ぐりを開くと、白い胸が揺れながら飛び出してくる。

そのまま帯を解き、下のほうも左右に開く。

彼女の服は背中に触れるだけとなり、下着一枚の彼女がマルクを見上げていた。

思わず唾を飲み込む。

今度はユリアナの手が彼の襟に伸び、その服を解いていく。

途中で脱がしにくくなった彼女は身を起こし、ふたりは座って向かい合う形になった。

ユリアナはそのままマルクを全裸にすると、自らも下着を脱いで、向かい合う形で彼の上に座る。

座っただけでも、彼女の大きな胸はマルクの胸板で形を変える。

その感触に反応するかのように、マルクの肉竿は反り返っていた。

「おっきくなってるね」

ユリアナの両手が、その肉竿に伸びる。両手で包み込むように握られて、そこは更に硬くなった。

マルクも視線を落とすが、少し前かがみになった巨乳に遮られ、彼女の割れ目は見えなかった。

そこで、手を伸ばしてみる。

「あっ、やんっ……」

太腿をなぞりあげ、更に奥へ。

鼠径部を通り過ぎると、その割れ目にたどり着く。

汗とは違う液体が指につき、それを塗りたくるように割れ目をなぞる。

すると、内側からどんどんと蜜が溢れてきた。

「やっ、ダメっ……んうっ！」

包皮の上からクリトリスを撫で上げると、彼女は一際大きく反応した。

「もう、えいっ」

「おうっ」

ユリアナがお返しとばかりに、手にした肉竿を擦り上げる。細い指による愛撫は、彼の肉竿を甘く刺激する。

「ね、マルク……もう、いいよね」

「ああ」

「あんっ」

マルクは彼女の身体を軽く持ち上げる。

「んっ……」

ユリアナは握ったままの肉竿を、自らの膣口へとあてがった。

膨らんだ亀頭が、割れ目をつぷっと押し広げる。

「ん、あぁぁぁっ！」

マルクがユリアナの身体を下げるのに合わせて、ゆっくりと肉竿が膣内に入っていく。

ユリアナの膣内は、マルクの肉竿にピッタリと吸い付いてきた。

震える襞は空気さえも通さないかのように密着し、肉竿を擦り上げる。

「あぁっ！　マルク、ぎゅっとして」

繋がったままそう言うユリアナを、きつく抱きしめる。

彼女の細くも柔らかい身体の抱き心地。そして胸板で柔らかく潰れる、巨乳の感触。

安らぎと興奮、異なる二つの感覚に包まれて、マルクは目の前の彼女にキスをした。

「んっ……レロ……」

舌を絡めているると興奮のほうが大きくなってくる。

膣襞も蠢きながら肉竿を擦り、快感を貪ろうとする。

「あっ、んうっ……マルクのが、中で擦れてっ……」

ユリアナは腰を前後に動かした。根本から揺さぶられ、上下の抽送とは異なった快感がマルクを昂ぶらせる。

さらなる快楽を求めて、マルクは下から腰を突き上げた。

「んはぁぁあっ！　あっ、それっ、もっとっ……」

ユリアナはマルクの肩にしっかりと抱きつくと、激しく腰を振り始める。

ピストンを行いながらも、前後にも腰をうねらせ続けていた。

「ぐっ……ユリアナ、そんなに激しくしたらっ……」

「だ、だって、気持ちいいし、嬉しいんだもんっ……！　マルクと一つになれて、いっぱいぎゅーってできて！」

そう言いながら、ユリアナは更に激しく抱きつき、腰を動かした。

マルクの肉竿を精液が駆け上ってくる。

「あうっ！　あっんっ！　イッちゃう……マルクとエッチして、幸せすぎてイッちゃうぅぅぅぅっっ！　あぁぁぁぁああっ！」

絶頂を迎えたユリアナが、これまで以上にきつくマルクを抱きしめる。完全に密着した状態で、膣襞が肉竿を締め付けた。

ドピュッ！　ビュクンッ！　ビュルルルルッ！

子宮口に密着した状態で、マルクが勢いよく射精した。

子宮に直接精液が注ぎ込まれ、抱きついたままのユリアナがビクンッと震えた。

「あっ、は、ん……すごい、いっぱい出たね……」

そう言いながら、まだ肉竿が収まったままのおなかを撫でる。なんだかとてもエッチな光景に思える。

「あっ、今ぴくんって動いた」

さらに膣内にある肉竿を確かめるように、ユリアナがおなかを撫で回す。

今出したばかりだというのに耐えきれず、マルクはユリアナを押し倒した。

今度は自分が上になって、思いっきり腰を動かすつもりだ。

「今日はずっとしよう」

「うん……」

ユリアナは頬を染めながら頷いて、ふたりは夜が明けるまで、ずっと一緒に過ごしたのだった。

三話　謀と人形

その部屋を一言で表現するのなら、無駄に豪華。

赤いカーペットは毛足が長く、足音を綺麗に吸い込む。だが、そもそもその部屋は足音がうるさく響く渡るような使われ方をしていない。

壁に飾られているのは、豪邸が建つほど高価な絵画。しかし、その部屋の主には絵の良し悪しなどわからぬし、この絵を鑑賞することもない。

壁紙もカーテンも質以上にブランドを優先し、ひと目で分かるほど金をかけている。けれど、応接間が別にある以上、この部屋に外部の人間が来ることはない。

唯一金をかけた意味があるのは、特注の机と椅子だ。

他国の一流家具職人を呼び寄せ、金に糸目をつけず作らせた机と椅子は、この部屋の主であるザッカリアにぴったりと合い、長時間使っても疲れを感じさせない。

商会長である彼は、書類仕事が多い。人と会う機会も多いが、大物になるにつれて彼と会える人間は減っていった。多くは部下が代行し、彼は一筆書くだけだ。

この部屋に出入りするのは、ザッカリア本人を除けば極少数の部下のみ。業務上の報告など、基本はすべて三人いる秘書を通して行う。

財力――商会としての業務

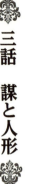

権力――様々な根回しや謀《はかりごと》

暴力――より直接的な妨害活動

と、それぞれの秘書が司っている。三つのうち二つが裏の力であることから分かるように、ザッカリアは決してまっとうな商会の長ではない。

証拠が揃えば火刑を免れない程度のことも当然にしている。

もっとも、そんな証拠は揃わないだろうし、揃ったとしてもザッカリアではない人間が犯人とされるだけだ。

そのようにあらゆる方法を駆使して儲けを出してきたザッカリアだが、ここ数年は業績が落ち込んでいた。

大きくなりすぎたことで蹴落とすべき敵も大きくなり、簡単な策謀や暴力で倒すのが困難になったこ。そして、ドミスティアがこれまでなあなあにしてきた商法の適用を、正常化したことが原因だ。国内で伸び悩んだザッカリアは、隣国と連絡を密にしている。

ドミスティアより商売にゆるく、またザッカリアの力を頼り、重宝してくれている。

締め付けるだけのドミスティアよりも、そちらについたほうがいい。

ザッカリアはそう思い、計画を進めてきた。

モンスターの汚染は上手くいっている。準備は着々と進み、あとは隣国を引き入れればいいだけだ。

都市国家ドミスティアを売る。

それが、今ザッカリア一番の大取引だった。

大切なのはタイミング。そして、不安要素の排除だ。

「商会長」

「どうした」

秘書のひとりが、部屋へと入ってくる。

秘書の振る舞いは一見冷静だが、予定にない訪問をするくらいだ。それなりの事態なのだろう。

「先日捕まった、例の村で餌を撒いていた男ですが、情報を吐きました」

「ほう……」

ザッカリアの声が低くなる。

使い捨ての末端に大層な忠誠心など求めるつもりはないが、口を割ればどうなるかくらい、分かっているはずだ。

それでも口を割ったというのなら、それは奴自身が罰を望んでいるのだろう。或いは、兵に捕まっていれば、ザッカリアの手が届かないとでも？

「本来ならすぐにでも思い知らせてやるところだが……」

優先順位というものがある。もはやザッカリアにとってもドミスティアの兵にとっても用済みでしかない小物など、生きていようと死んでいようと影響はない。

余裕ができれば相応の報いは受けさせるが、それは今ではない。

「奴を捕まえた連中のほうはどうだ？」

ザッカリアの言葉に、秘書が頷く。

「マルクとその一行は、着実に成功を重ねています。今ではギルド内で一目置かれる探索者ですね。

また、以前報告にあがった汚染モンスター狩りをしたのもマルク達だという話が上がっています」

出所がわからず、ギルドでは変異種と呼ばれていた存在。最初から正体を知っていたザッカリア達は、汚染モンスターと呼んでいる。

ある遺跡から発掘され、一時期騒ぎになった毒。

それを用いてモンスターを汚染し、作り出されたのが変異種と呼ばれるモンスター達だ。

「ほう……同じ奴らだったということか。商会との繋がりについては？」

「まだ知らずにいるでしょう。おそらく、偶然汚染モンスターから生き延びたのをきっかけに、それ絡みの仕事を回されていたのでしょう」

「ふん……このザッカリア相手と知っての反抗でないなら、本来は灸をすえる程度にしておくところだが……」

ザッカリアは、机の上にある書類へと目を向ける。

それは隣国からの密書。

ザッカリアが都市国家ドミスティアを売り飛ばすための契約書だ。

「今は時期が時期だ。危険なものは排除しておかなければならない」

ザッカリアは立ち上がり、秘書に言う。いつかは壊してしまいたいと願う、あのお気に入りの人形を出しておくように、と。つまり――。

「リュドミラを呼んでおけ。奴らを始末する」

「承知いたしました」

秘書は一礼をし、部屋を出る。

「ああ、もう来ていたか」

ザッカリアが会議室に入ると、そこには秘書とリュドミラが待っていた。

リュドミラはいつも通りのメイド服。彼女は表向き、メイドとして雇っている。

しかし、彼女に家事などさせていない。それは誰が見ても分かることだ。

一般的に見て、リュドミラはその容姿を買われてザッカリアの側にいると思われている。

それも納得できるくらい、彼女は綺麗だった。

愛嬌があるとは言い難く、無愛想で無表情だ。しかし、人形のような彼女にはそれが似合っている。

振り回される魔性とは真逆の魅力。彼女を好き勝手にしたいと思わせるような容姿。

ザッカリアもいつか、その顔を苦痛か絶望に歪めてさせてみたいと淀んだ思いを抱いていた。

だが、まだその時ではない。彼女にはもっと実用的な価値がある。

「リュドミラ、以前、汚染モンスターを討伐しようとしていた者達を妨害したといったな」

「はい」

リュドミラは機械的に頷いた。

汚染モンスターの討伐に向かった探索者を発見、モンスターが倒されかけたので、死体を持ち帰られないよう割り込んで撃破、撤退した。

その報告は、秘書を通してザッカリアにあげてあった。

「そいつらを覚えているか」

「はい」

リュドミラはまた機械的に頷いた。

感情を顔に出さない彼女が、その件についてどう思っているのかうかがい知ることはできない。

当然、表に出さないようにしているだけで、彼女はその屈辱を思い出していた。

いつも通り有利な位置取りをして臨んだにもかかわらず、危うく返り討ちにあうところだった。

これまでの仕事ではそんなことなどなく、直接の標的でない敵を見逃すことはあっても、あのように自分のほうが逃げ出すのは初めてだった。

任務はきちんとこなせたが、彼女にとってあの件は敗北に近かった。

「あの男――マルクを暗殺しろ」

「分かりました」

「お膳立てには協力する。あとでスタッフを寄越すから、そいつに命令しろ。他ふたりは可能なら殺す程度でいい。だが、マルクは確実に仕留めろ」

「はい」

リュドミラは頷いた。

人を殺すのは、いい気分じゃない。

けれど、それを断れる状況にリュドミラはなかった。

知らない人の命と兄弟達の命なら、兄弟達の命を選ぶ。それだけのことだ。

リュドミラはそうやって生きてきた。

決していいことだとは思っていない。

ただ、綺麗事では生きられなかった。

フリーの探索者だった頃からグレーなことはたくさんしてきた。そのせいでトラブルが起こり、危ない目に遭ったことも一度や二度ではない。

そんななかでザッカリアに目をつけられ、少しのトラブルの後、彼に雇われることになった。

彼のお膳立てで安全な仕事が増え、危険がない割には稼ぎは増していった。

グレーどころか真っ黒な仕事も降ってきたが、既に断れるような立場にはない。

気がつけば抜け出そうという意志すらなく、彼女は今もザッカリアの元にいる。

「よし、任せたぞ」

それだけ言って、ザッカリアは部屋を出ていった。

隣国との調整に忙しいのだ。

リュドミラは、ザッカリアの計画を知らない。

汚染モンスターがどうやって現れるようになったのかも。

彼がドミスティアを売り飛ばし、隣国へ鞍替えしようとしていることも。

隣国へ移る彼が、リュドミラの兄弟を助ける気などないということも。

そもそも彼女達を追い込んでいるのがザッカリアだということも。

日々生きるのに必要なネジを巻いてもらうため、言われたことをする。

容姿のみならずその在り方も含めて、彼女はザッカリアのお人形だった。

四話　襲撃

マルク達はギルドに呼び出され、また奥の部屋へと通された。

「やはり、実行犯はひとりではなかった」

苦々しげに吐き出すギルド長を見て、マルクは頷く。

素人であるマルクから見ても、あの男が単独犯とは思えなかった。

「そこで、また発見された変異種の討伐をお願いしたいのだが……」

そこでギルド長は少し声を落とす。

「今はまだ混乱を避けるため、住民に変異種の正体を知られたくない」

マルクは頷いた。先日村へ行ったときも土壌汚染の話はしたが、モンスターとの関連は話さなかった。

「そこで、何組かの探索者にだけ事情を話し、変異種を生み出している者を捕まえてもらうことにした。今度の村にはより多くの変異種がいると予想されているので、君達も一緒に行ってモンスターの討伐や、生み出している者の確保をお願いしたい」

「分かりました」

マルク達は頷く。一応代表ということで、基本的にギルド長と話すのはマルクだけだが、ふたりも話は一緒に聞いていた。

変異種が増えるのはとても危険なことだ。その食い止めに貢献できるなら、協力していきたい。

「その変異種なのだが、どうもザッカリア商会が関わっているらしい」

「商会が?」

「ああ。あの変異種を兵器として運用しようと、実験を行っているようなのだ。今はまだ餌を与え

た人間以外を手当たり次第に襲うだけだが、これでも十分脅威と言える。それに、もう少し研究が

進めば本当に兵器として成立するかもしれない」

言葉を区切ったギルド長は、こう続けた。

「もう一つ。最近ザッカリア商会の人間が、隣国と接触しているらしい。ここ最近の緊張状態にあ

っての接触だ。ただの商売とは思えない」

そこでギルド長は誰もいない周囲を窺い、もう一段回声を落とす。

「もしかしたら、ドミスティアを裏切って向こう側につくつもりかもしれん」

「変異種も、そのために?」

「ああ、その可能性はある。内側であんなものを大量に放されたら、ドミスティアは混乱して隣国

の対応どころじゃなくなる。その隙に何かしかけてくるかもしれない」

「だとすれば、自分達が襲われないよう、変異種への特殊な対処法があるはずですね。完全にコン

トロールできるのはまだまだ先になりそうですし」

今のところ、どの変異種も襲ってくるだけだ。きちんと命令を聞ける様子はない。

この状態で放てば、事が終わった後でザッカリア商会の人間や隣国の兵士も無事ではすまない。何

らかの対策があるはずだ。もしくは、まだまだ企画段階で、ずっと先の話なのか。

210

「そうなるだろうな。だが、ギルドのほうで証拠集めに動いてはいるが、あまり上手くいきそうにない」

そこでギルド長は元の声に戻って締めた。

「ひとまず、今現れてしまった変異種の討伐を頼む。数が多い報告が上がっているため、三パーティーでの討伐だ。原因の確保も含め、よろしく頼むぞ」

「はい」

こうして、マルク達は変異種退治に向かうことになったのだった。

†

「おう、マルク達か。よろしくな」

「うん、よろしく」

一緒に村での変異種退治に向かう探索者達が、マルクを見つけて声をかけてくる。

難易度の高い変異種退治ということもあって、誰もが腕利きの探索者達だ。

村に出る程度のモンスターなら変異していても、彼らだけで倒すことができるだろう。

とはいえ、どのくらい数がいるかもわからない。油断は禁物だ。

「変異種ってのは初めてだが、どうなんだ？」

「元の同種モンスターよりはかなり強くなってる感じかな。あと、凶暴だ」

「ふうん、見た目に騙されるなってことか」

「まあ、元が村に出るくらいのモンスターだし、油断しなきゃ手に負えない相手じゃないはずだ」

そんな話をしながら、それぞれ馬車に乗り込む。この馬車はギルドが手配したものだ。といっても、費用がギルド持ちというだけで、普通に馬車による輸送業を運営している人間に頼んだだけ。そんなに立派なものではなく、日頃探索先の遺跡まで行くのに使うようなものを、奢ってもらった程度のことだ。

さして大きくもない馬車に、それぞれのパーティーが乗り込んでいく。

マルク達のパーティーは一番後ろの馬車に乗ることになった。

「どうぞ」

御者の男は最低限の挨拶だけすると、手早く馬車へ案内した。

そしてマルク達が乗ったのを確認し、前の馬車が動き出すのを待つ。

やたら話しかけてくる御者もいるが、静かな者も普通にいる。

マルク達は特に怪しむこともなく、そのまま馬車が動き出したのだった。

三台の馬車が村へ向けて進んでいく。

マルク達の馬車は一番後ろを走っていた。車間距離はそこそことってある。目的地は分かっているので、見失って迷うこともない。

幌に覆われているため、マルク達から外の景色は見えていない。前か後ろから顔を出せば見ることもできるが、仕事前ということもあり、三人共おとなしく中で座っていた。

「前回、報告では一頭だったのに十頭以上いたじゃない？　今回ってもっとすごいのかな？」

ユリアナが首をかしげると、ヨランダが頷いた。

「確かに、表に出ていない分も考えたら多いのかもね。パーティーも三ついるくらいだし」

「それだけのモンスターが村へなだれ込んだら危険だな」

そうなる前に、自分達が解決しなければ。

そして、原因を探し出す。前回は運良く遭遇できたが、毎回そう簡単にはいかないだろう。

「……あっ？　伏せて！」

そこで急にヨランダが叫び、マルクとユリアナはすぐに伏せる。

バスッ！　と音がして、幌の一部に穴が開く。

「うわっ！」

その襲撃のためか馬車が急停車して、再び幌に穴が開く。とどまっていては撃たれるだけだ。

「出るぞ。裏側に回る！　シールド！」

マルクは叫ぶと、先に馬車を飛び出す。マルクの周囲には透明なガラスのような、魔力の膜ができていた。その名の通り、攻撃から身を守るための魔術だ。

案の定、待ち構えていたかのように弾丸が飛来する。

シールドにぶつかり怪我は負わなかったものの、衝撃は伝わってくる。

三人はそのまま馬車の裏へとまわり、密かに様子をうかがう。

馬車の向こうは、大きな石が点々と並ぶ岩場だ。軽く丘のように盛り上がっており、その上のほうに襲撃者が見えた。

「リュドミラか……」

金色の髪をしたメイドが、銃剣付きのアサルトライフルを構えている。

草と岩しかない周囲のなかで、彼女の姿は浮いていた。おそらく、隠れる気もないのだろう。

マルクはすぐに首を引っ込めた。

さて、どうする？　リュドミラとの距離は二百メートルほど。

彼女のところへ向かう丘こそ、所々に遮蔽物となる岩があるが、それ以外は草しかない平らな草原だ。このまま左右に逃げようとすれば、誰かは撃ち抜かれる。

馬車を盾にして奥側へ大きく逃げればなんとかなるかもしれない。

だが、変異種討伐に参加できない上、リュドミラを再度取り逃がすことになる。

変異種のほうはまだ、他のパーティーが対応してくれる。だが、ここでリュドミラから逃げたところで、彼女はまた襲撃してくることだろう。毎回不意打ちを躱せるとは限らないのだ。

ガッ！　と音がして、馬車が揺れる。

どうやら向こうもただ待ってくれるつもりはないみたいだ。

「やるしかないか……」

「岩場までなんとか駆け抜けて、そこで戦う？」

「それしかないだろうな」

ユリアナの言葉に、マルクは頷く。

しかし、それでもかなり不利な事に変わりない。

「毎回、有利な位置から不意打ちか。ちょっとは見習いたいものだな」

毎度パーティーの戦力で正面からゴリ押しすることになるマルクは、皮肉交じりに呟く。

そして三人は、リュドミラと対峙すべく岩場へと飛び出した。

五話　岩場の攻防

まずはシールドを構えたマルクが目立つように飛び出し、その隙にふたりが岩場へと駆ける。

リュドミラは迷わずマルクを狙って発砲した。

一撃目を防ぐと、二撃目が飛んでくる。セミオートのままトリガーを二度引いたのだ。二度目の衝撃でシールドにヒビが入る。

「なるほど」

余裕を持って岩陰に隠れると、マルクは考える。

先ほどの攻撃から、シールドで一発は弾丸を弾けることがわかっていたはずだ。そして、二撃目以降を防げないこともない。にも関わらずマルクを狙ってきた。当たれば倒せるかもしれないふたりを見送って、だ。

（メインターゲットが俺なのか、俺だけを厄介と考えたのか）

シチュエーション的に、《**剣士**》のユリアナは圧倒的に不利だ。

弓使いのヨランダも、銃相手では相性が悪い。

対して《**魔術師**》のマルクだけは、この状況で対等以上に戦える。

そうはいっても、二発目でヒビが入ったのは向こうも確認できただろう。シールドは三発目か四発目で壊れることが、互いに分かってしまった。

また、得意な系統の魔術ではないため、地味に魔力の消費量も高い。あまり連発できるものではない。

（さて、どうするか）

不利なふたりを戦わせるのは危険かもしれない。

銃に対する知識も、元日本人のマルクと違って少ないはずだ。

銃そのものは遺跡でも見たという人は多いが、《**銃使い**》は希少。その特徴や戦い方を知る機会などないに等しい。

ゲームやネットでぼんやりとでも銃を知っているマルクよりも、脅威度はぐっと上がる。

相性を考えても、マルクは自分がやるべきだと判断した。

「剣と弓では、この状況で私に勝つことはできない」

リュドミラが大きめに声をかけてくる。

「そちらの戦力は、実質的にマルクだけ」

挑発のつもりなのか、リュドミラはそう言うとマルク達の反応を窺った。

ユリアナとヨランダも武器は手にしているものの、この状況では動けない。

「ただ、私の狙いもマルクだけ。だからおとなしく投降すれば、ふたりは助けてもいい」

当然、そんなものは信用できない。だが、先程の行動を見ても、マルクが狙いだというのはおそらく本当だろう。

ならば自分が囮になれば、ふたりは逃がせるのではないか、とマルクは思った。

「投降は信用できないけど、俺が囮になればふたりは逃げられるはずだ。この状況じゃどちらにしてもふたりは不利だし――」

「それは嫌」

いい切る前に、ユリアナに断られた。

「マルクを置いて私達だけ逃げるなんて、できないわ」

ヨランダもそう言って首を横に振る。

逃げてほしい気持ちは強いし、そのほうが合理的だとは思うものの、自分を思ってくれるふたりにマルクは勇気づけられた。

「確かに今は不利だけど、反対に接近戦に持ち込めば有利だよ」

ユリアナの刀が届く距離になれば、一気に形勢は逆転する。

「でも、あの銃は先に刃物がついていますよ。あれだと銃扱いで、《**銃使い**》の補正が近接戦闘でも効いちゃうんじゃ……」

ダダダダッ！　とリュドミラが発砲し、近くの岩を削り取る。どうやらフルオートに切り替えたらしい。

「投降の意志がないのなら、三人共排除します」

そう言うと、リュドミラが動き出した。

盾にする岩場を変え、マルク達へ向けて撃つ。

フルオートの弾丸は岩を砕き、マルク達は散り散りに別の岩へと身を隠した。

「他の場所ならともかく、この状況で剣や弓を私に当てられると思いますか？」

リュドミラはそう言いながら、またフルオートで撃ってくる。盾にしている岩を削られたヨランダが、銃撃の隙間を縫って駆けた。リュドミラはそれを追うように発砲するが、距離がある上フルオートで撃った直後なので、照準が定まらずヨランダには当たらない。

しかし、ここまで離れていては不利だ。

魔法の弾速も、銃に比べれば遥かに遅い。

範囲魔法で一気に攻める手もあるが、性質上何発もはすぐに使えない。

「ファイアーアロー！」

撃とうと身を乗り出したリュドミラめがけ魔法を放つ。慌てて彼女が引っ込んだ隙に、俺達はそれぞれ前進した。

ダダダダダダッ！

今度は俺のほうをめがけてリュドミラが射撃を行う。その間に、ユリアナとヨランダが距離を詰めた。進むに連れて俺達三人に距離ができたので、誰かが狙われている間に前へ進むことができた。

†

「くっ……」

リュドミラの顔に焦りが浮かぶ。

まただ。

有利な位置をとっているのに、思うように事が進まない。

理由の一つは、彼らの銃への警戒心だ。

それなりの探索者なら、銃は見たことがある。だが、銃がどのような威力で、どれだけ弾が速いのかを知っている探索者はすごく少ない。リュドミラが多くの敵を相手にできるのは、有利な位置と不意打ち、そして銃の性能の不透明さにあった。

対マルク達では、有利な位置こそしっかり確保できているものの、不意打ちはヨランダの直感で、銃はマルクの現代知識で対処されてしまい、三つの強みのうちの一つしか機能しなくなっていた。

撃ち尽くして、リロード。空のマガジンを排出し、《銃使い》の能力で出した新しいものをセット。コッキングレバーを引く。

《職業》のなかで、《魔術師》と《銃使い》は特殊な位置にある。それは、凡人の延長線上にはない別種の力だといえるからだ。

例えば、《剣士》はただ剣術をならった人間の強化版、剣豪や剣聖とでも呼ばれるものに近しい。《弓兵》なら優れた射手というところだ。

それらは「生まれながらにして達人」というだけのもの。翻《ひるがえ》って、ただの人間にも、才能次第でたどり着ける境地、地続きの強さである。

だが、《魔術師》《銃使い》は違う。その《職業》がなければできないことを行う。ただの人間とは別次元の能力。

それと同時に、この二つは「扉を開けて、入り口にたどり着く資格」でしかないとも言える。

魔術は一から性質を覚えていかなければいけないし、銃は自分で扱いを覚えないといけなかった。基礎的な身体能力の強化こそあれ、他の《職業》とはそこが違う。熟練するための努力が必要だ。生まれたての《銃使い》や《魔術師》はちょっと元気な赤子でしかない。

（当たらない……）

リュドミラは再び弾倉を空にし、リロードを行う。

だんだんと焦りが募ってきた。

一応の射撃訓練は常にしている。だが、彼女は先の三つの強みで、相手が驚いているうちに殲滅することを得意としてきた。

まともな撃ち合いに入る前に、勝負を決めていた。いつも孤独なので、乱戦の経験が無い。

だからいざ動き回る敵と対等な撃ち合いになったとき、日頃ほど冷静になれず照準がブレている。

経験不足による動揺と焦りが、彼女を追い詰めていく。

じりじりと近寄ってくる三人に、上手く対応しきれない。

そうしているうちに、彼女が作り出せる弾丸はみるみる減っていく。作り出せる弾丸は、一日に何発と決まっている。

サブウエポンとして予め込めてあったリボルバー式拳銃の五発以外には、いま装填したのを除いてあと二十発。一弾倉分しか今日は作り出せない。フルオートでばらまいていれば、すぐになくなってしまう量だ。

（こうなれば、一か八か……）

彼女は深呼吸し、覚悟を決める。動揺さえなくなれば、彼女にもまだ勝機はある。下手に考えるよりも、本能に従えばいいだろう。そのほうが、《**職業**》持ちらしいとも思う。

強い反動や射撃精度の問題で銃をまともに扱えなかった頃。彼女のメインは銃剣だった。

これもまた銃の一部。弾丸がかかわらないため、この部分に限っては《**剣士**》のような達人の技を最初から得ることができた。近しい職業である《**魔術師**》とも違う、《**銃使い**》だけの特徴。

流石に《**剣士**》にはかなわないだろう。だが、弓使いと《**魔術師**》なら銃剣で迫れば勝てるはずだ。

それぞれ近接戦闘の対策はうっているだろうが、銃剣の力ならいけるはず。

（それに相手は、私が近接戦闘を行うとは思っていないだろうから……）

不意打ちは、これまで何度もこなしてきた手段だった。

†

（大分距離も詰めたな）

マルクは岩に身を隠し、呼吸を整える。

残りの弾数が少ないのか、リュドミラの射撃は散発的になっていた。

まだまだ撃ってはいるのだが、フルオート掃射のようなことはもうしてこない。

しかし距離が近くなった分、弾丸を避けるのも難しい。下手に飛び出せば、咄嗟でも合わせられてしまうかもしれない。そのプレッシャーはあるものの、状況は決して悪くない。

刀はまだだが、弓の間合いには入っている。それも、三方向からリュドミラを囲むように近づきつつあった。

（ここまでくれば、範囲魔法で）

マルクはふたりに合図を送る。

リュドミラを含む範囲で魔法を放つ。一番逃げやすい後ろのほうを厚めに撃つことで、彼女はマルク達がいる三方向の何処かへ逃げるしかなくなる。

駆け出した彼女を、右ならユリアナの刀が、左ならヨランダの弓が、正面ならマルクの魔法が捉える。

範囲魔法を撃った後でも、ファイアーアローくらいならすぐ撃てる。突撃しながら撃ってきても数発ならシールドがある。

ちらりと見えた銃剣は懸念材料ではあるが、《**魔術師**》同様《**銃使い**》は特殊職だ。「剣を上手く扱える《**職業**》」ではない。

マルクは魔力を集め、範囲魔法を放つ。

「メテオストライク！」

空中に作り出した巨大な炎の球を、そのまま落下させる。地面に直接は出せないため、避けられやすいのが難点だが、威力は高い。今回のように保険を打てば、逃げても逃げなくても打ち取ることができる。

「――っ！」

頭上から迫りくる火球に驚いたリュドミラは、ユリアナとヨランダの構えも確認する。

そして、銃剣を構え、真っ直ぐマルクへと突っ込んできた。

ここまでは予想通り。

マルクは杖を構え、突撃してくるリュドミラへと魔法を放つ。

ただ身体能力が強化されているだけなら、避けることのできない一撃を。

六話　決着

「ファイアーアロー！」

マルクの杖から迸る炎の矢が、突撃してくるリュドミラへと迫る。《剣士》や《騎士》ならばともかく、ただ身体能力が高いだけでは躱しきれない一撃。

しかし――――。

リュドミラの身体がガクン、と沈み込み、炎の矢はその頭上を通り過ぎた。

地面を舐めるほど姿勢を低くしたまま、自身が弾丸であるかのようにリュドミラが迫る。

《職業》持ちはレアであるため、互いの持つ性質を全て把握できてはいない。あくまで自分を基準に他の《職業》の特性を予想するしかないのだ。

だから、読み違える。

《銃使い》は「弾丸を生み出す能力」であり、「戦闘の達人となる能力ではない」と。リュドミラの射撃精度が必ずしも正確ではなかったこともあって、そう思ってしまっていた。だから、「銃剣ならば達人として力を引き出せる」という特殊例には考えが至らなかった。

マルクは再び魔術を使おうとするが、遅い。リュドミラの銃剣は、マルクの杖を弾き飛ばした。

そしてそのまま発砲する。

ダダダダダッ！

コントロールも何もない、デタラメな射撃。だが、この距離ならば外しようがない。

放たれた五発の弾丸のうち、四発がマルクを捉える。シールドが完全に破壊された。

「くっ――――！」

とことん運がない、と心の中で舌打ちをしたリュドミラは、しかしもう、自らの勝利を疑ってはいない。達人の技で銃剣を引き戻し、トドメの一撃を放とうとした。

杖を失ったマルクは、その手をリュドミラへと伸ばす。

（相打ち狙いか？）

リュドミラはもう、マルクに攻撃手段がないと思いこんでいる。

だが、それもまた読み違えだった。

《銃使い》の自分を基準にするから、**《剣士》**も**《弓兵》**もそうだから……**《職業》**持ちは得物を手にしていないとダメだと勘違いする。

しかし**《魔術師》**にとって、杖はただのブースターに過ぎない。

なぜなら魔術は元より己の内にあるもの。彼は**《魔術師》**なのであって、決して**《杖使い》**などではないのだから。

「フィジカルアップ！」

マルクは自身を強化した。手を伸ばし、物理的に一瞬で喉の血管を塞いで、彼女を絞め落とすつもりだ。可能であればリュドミラから情報を引き出せたほうがいい。だがもう、突撃してきているこの状況では彼女の銃剣は止まらない。

それにこの場で防御に回るような性格なら、そもそもこんな無茶はしない。だとすれば、動きを止めて、カウンターを仕掛けるのが最適だ。たとえ自分が相打ちでも、こちらにはあとふたりいるのだ。

リュドミラの顔に驚愕が浮かぶ。だが、もうお互いに止めることはできない。彼女も相打ちを覚悟して、そのまま刃を振り下ろした。

†

「マルク！」

左右に構えていたユリアナとヨランダは、リュドミラが正面に突撃したのを知ると、即座に行動を切り替えた。ユリアナは駆け出し、ヨランダは弓を構える。だが、この距離だとやや際どい。ヨランダも駆け出すが、自分では決着に間に合わないことがはっきりと分かった。

ユリアナは最高速度でリュドミラへと迫る。だが、銃剣を構えたリュドミラは速い。

ファイアーアローを躱したリュドミラは、そのままマルクへと迫る。

「マルク！」

思わず名前を叫んだ。銃剣の一撃で、マルクの杖が弾き飛ばされる。

そして銃口がマルクを向く。この距離では、ユリアナにできることはない。

銃声が轟いた。ユリアナは走りながら唇を噛みしめる。

だが、マルクはまだ立っていた。シールドが弾を防いだのだ。

しかしシールドは砕け、リュドミラは再び銃剣を構える。

走っても間に合わない。どれだけ速度を上げても、数歩足りない。

そこでユリアナは自らの刀を構える。

ユリアナの制約は「投擲武器の禁止」だ。また、投擲の類《たぐい》を行うだけでも、その後一定時間《剣士》としての補正を受けられなくなる。

だが、それはつまり、投げた瞬間はまだ補正が入っているということだ。

ユリアナは自らの刀を、振りかぶられたリュドミラの銃剣めがけて投げた。

リュドミラ自身を狙っても、攻撃は止まらない。直接武器を弾き飛ばすしかないのだ。

投擲しようと、それは「刀での攻撃」に他ならない。《剣士》としての補正を受けた刀の投擲は、まさに達人技。狙い通りに、振り下ろされる銃剣を跳ね飛ばした。

その直後、マルクの手がリュドミラの首へ伸び、数秒で彼女が崩れ落ちた。

「あっ、ふぅ……」

マルクは無事だ。

その安心で緊張の糸が切れたのと、《剣士》としての補正がなくなったことで、ユリアナはペタリと座り込んだ。駆けつけたヨランダがリュドミラを拘束し、無事に決着がついたのだった。

†

マルクは、捕えたリュドミラと向かい合う。

ライフルと拳銃。銃は両方とも取り上げており、今の彼女は《銃使い》としての補正を受けられない。椅子に縛りつけられた状態からも抜け出すことはできないだろう。

取り上げた銃はヨランダが持ち、投擲ペナルティーで弱体化しているユリアナを守りつつ、周囲の警戒をしていた。もしかしたら、他の敵が現れるかもしれない。全員でリュドミラだけに注目するのは危険だ。

そこで、マルクがひとりでリュドミラから情報を引き出すことになった。

孤児院での話を聞いているから、リュドミラを仕留めてしまうのは気が引ける。それに、モンスターを汚染して変異種を生み出しているザッカリア商会に彼女が仕えているというのも気になる。

孤児院を含めたあの村が困っていたのは、ザッカリアがモンスターごと土壌を汚染してしまったせいだ。それを知ったうえで、彼女は協力しているのだろうか？

「う……」

目を覚ましたリュドミラが身体を揺する。だが、しっかりと縛られていて動かすことはできない。

動けないことを受け入れたのか、彼女はマルク達に目を向けた。

「何のつもり？　私を尋問しても、話せることなんてない」

彼女の態度を見ながら、マルクは考える。

リュドミラがザッカリアについている理由は何か。それが分かれば話し方も変わる。

「私は負けたから、好きにすればいい。どちらにせよ失敗した時点でお払い箱」

「それなら、こっちに協力してくれないかな。ザッカリアを止めないといけないんだ」

「それはできない」

彼女は即座に首を横に振った。その否定には迷いがなく、取り付く島もない感じだ。

「どうして？」

ヨランダが優しい声で問いかけると、彼女は少し迷った後、話し始めた。

「どのみち私はここまで。ザッカリアとの契約。彼は私を雇い、汚れ仕事を任せる。代わりに、本来なら稼げない額をくれた。でも、その仕事の性質上、裏切られてはまずい。だから私が寝返った場合、故郷の村を襲うと脅されてる。もちろん、任務中に死ねば襲わないと言ってた。だから私は何も話せない。分かったらさっさと殺して」

リュドミラはそう言い終えると口を閉じた。このまま殺されるつもりらしい。

だが、マルクにそんなつもりはない。それに今の話が本当なら、既にザッカリアのほうが半ば裏切っている形になる。

「ザッカリアは、君の村を襲わないと言ったのか？」

「言った。私が裏切らないために、何もしないと。ただし、裏切ったら実験中の兵器のテストに使うと言ってた」

「そうか……」

実験中の兵器とは、おそらく変異種だろう。

でも、だとしたら、彼女の村は既にその兵器の被害を受けていることになる。

そもそもの土壌汚染は、変異種のせいなのだ。

孤児院での話を聞く限り、リュドミラの故郷はあの村だ。生まれは分からないが、赤子の頃からあの村で育っている。

「リュドミラは、ザッカリアの兵器がなんだかは知っているの？」

「いや。詳しくは知らない。私はただの掃除屋だ。重要な情報など知らされていない」

「じゃあ、最初のときに、俺達から変異種をかっさらっていったのは？」

「紫のモンスターをギルドに盗られるとまずいから、阻止して持ち帰るように言われた。理由は聞いてない。命令だから、従っただけ」

「そうなのか。じゃあ……」

マルク達は、リュドミラに知っていることを話した。

変異種のこと。それがザッカリアによって生み出されていること。おそらくそれが商会の言う新兵器であること。そして彼女の村が不作になったのは、その変異種による土壌汚染が原因だということ。つまり、ザッカリアは既に彼女を裏切って、村に害を及ぼしていたのだと説明する。

「おそらくだけど、村を追い込むことで、リュドミラがザッカリアから離れられなくしたんじゃないかな」

村が、特に孤児院が困れば、リュドミラは援助のためにたくさん稼がないといけない。

普通の探索者で、ザッカリアがくれる以上の金を稼ぐことは困難だ。お金が必要なリュドミラは、ザッカリアから離れるわけにはいかなくなる。更に金を得るため、もっと仕事に打ち込むように……。

そう仕組まれたのだ。

「そんな……」

リュドミラは信じられないというように驚いたが、考え込むと思い当たる節があったのかもしれない。

「汚染さえなくなれば、村は元に戻るはずだ。そうすればザッカリアの資金をあてにする必要はなくなる。だから、協力してほしい」

その言葉に、今度は悩むリュドミラ。

「資金はそんなにないけれど、孤児院にもできる限りのことはするよ」

マルクは本心からそう口にした。お金はないから、できることはしれている。それこそ屋根の補修とか、面白そうな発掘品を持っていくとか、そのくらいだ。

「……わかった。私はあなた達につく」

マルクの目を覗き込んで、リュドミラは頷いた。

「だけど、仲間になる、という口約束だけじゃ信用できない」

そこで彼女は、またマルクを見つめる。

人形のような美女に見つめられたマルクはどうしていいかわからず、とりあえず彼女を開放することにした。

まずは彼女を信用したと、こちらから示すためだ。拘束から開放された彼女は、手首をさする。白い手首に、赤く跡がついていた。

銃を持っていない彼女は、見た目通りの身体能力しかない。回復速度も人並みだ。

「来て」

リュドミラはマルクの手を引くと、馬車へと歩き出した。

マルクは抵抗せず、彼女に連れられて馬車へと向かった。

七話　繋がりと情

リュドミラに手を引かれ、マルクは馬車へと連れ込まれた。

彼女の手は小さく、力もさほどこもってはいない。

馬車に入ると、リュドミラは深呼吸をした。

呼吸に合わせて、彼女の大きな胸が揺れる。

敵対関係でなくなり警戒が解けると、改めて彼女の魅力を意識してしまう。

愛想や表情はないけれど、とても整った顔立ち。

強調されている大きな胸。細いウエストに、短いスカート。

武装もしていない今、彼女はただの可愛いメイドさんに見えた。

そんな彼女と、ふたりきりだ。

深呼吸を終えた彼女は、手を握ったままマルクを見る。

「口約束だけじゃ信用できないから、身体でお互いの信頼を高めようと思う」

そう言うなり、彼女は手を離すとマルクに抱きついた。

柔らかな身体が押し付けられ、微かな火薬の匂いの奥に、どこか甘い彼女自身の匂いが感じられた。

「私を抱いて。『俺の女』になると、情が移ると聞いた。……合ってる？」

「いや、その……」

ツッコミどころは多かったが、こうして抱きつかれると、男の性として無下にはできない。そういう意味では、リュドミラの言っている通りかもしれなかった。

「やっぱり、抱くってこっちの意味？」

彼女の手が、マルクの背中からおしりへと下っていき、そこから前へと向かう。

リュドミラは、反応しかけている半勃起をズボン越しに弄んだ。

「あう……」

「気持ちよくなれば、私を捨てられなくなる？」

「そんなことしなくても……ぐっ」

彼女はズボンの中に手を突っ込み、そのまま下着の中まで侵入した。

窮屈そうな肉竿に手を伸ばしながら、上目遣いにマルクを見る。

「言葉だけだと、信じ……えっ」

リュドミラは驚いたように言葉を途切れさせると、手の中で膨らんでくるそれを確かめるようににぎにぎと揉んだ。

「どんどん大きくなってる……。こんなに膨らむものなの？」

驚きと興味で彼女の手は止まらない。肉竿を擦り上げて、体積を増したそれを弄り回す。

「そんなにいじられたら、止められなくなる」

「止めなくていい。ごくっ……」

唾を飲むと、リュドミラがマルクのズボンを下着ごと下ろした。

彼女の手に弄ばれていた肉竿はもうガチガチに膨らんでいて、開放されるとともに跳ね上がった。

「じーっ……」

リュドミラは股間の前にかがみ込んで、完全勃起した肉竿を見つめている。一方的に見られているのが恥ずかしくなり、マルクもかがみ込むと、彼女の胸元のリボンに手を伸ばした。

「あっ……」

しゅるる……とリボンが解け、襟元を開いていく。下から押し上げられていた胸が柔らかそうに姿を現した。

背中に手を回しホックを外すと、そのままブラも取り去ってしまう。

遮るもののなくなった彼女の胸に、手を伸ばす。

「んっ……」

小さく声を上げた彼女が、マルクを見つめる。

そして目が合うと、小さく頷いた。

マルクは両手を使って、彼女の胸を揉みしだく。指の隙間から乳肉が溢れ出し、エッチな形に歪む。

「あっ、う……」

リュドミラは声を押さえながらも、徐々に表情を歪ませ、感じ始めているのがわかった。

普段は冷静そうな彼女が見せるそんな顔に、マルクの興奮は高まっていく。思わず調子に乗ってしまうくらい、恥ずかしがる彼女は可愛かった。

じっとその整った顔を見ながら、胸を弄り続けていく。

「あっ、んっ……そんなに、じろじろみないで……恥ずかしっ、ん……」

「信頼するには互いを知らないと。こんな表情のリュドミラ、見られると思わなかったし」

「当たり前……こんな顔、誰にも見せてな、やんっ！」

乳首を刺激すると、彼女が高い声を上げた。

「あっ、ダメっ……う、後ろからにして」

そう言うと、彼女は顔を真っ赤にしてマルクに背を向けた。

だが、逃げたり服を着直したりはしない。あくまで感じている顔が恥ずかしく、見られたくないだけなのだ。

ここまでいじられて、我慢できないのは彼女も一緒だった。

背を向けた彼女の後ろから抱きついて、再び胸を責める。

「はぁっ……あっ……んっ」

マルクは彼女に覆いかぶさるようにして、乳房を揉みしだき、頂点を指で転がす。

「あうっ！　はぁ、んっ……腰に、硬いの当たってるっ……」

リュドミラがおしりを振ると、メイド服のスカートにむき出しの肉竿が擦り付けられる。

肉竿の裏側をメイド服でこすられて、マルクはその気持ちよさに息を漏らした。

そして胸から手を離すと、肉竿にいたずらしたスカートを捲り上げる。

「あっ……」

リュドミラがスカートを押さえようとするが、マルクは素早く指を滑らせ、目立つ縦筋をなぞりあげた。

「んうっ！」

胸への愛撫で感じていたリュドミラの下着は、割れ目に合わせて濡れて変色していた。そこをなぞりあげられて、より大きな刺激に身を震わせる。

「脱がせるよ」

声をかけて、下着をずらしていく。

おしりを突き出すような形になっているので、うしろの穴も女の子の部分も丸見えになっていた。

膝まで下ろしたところで下着を止めて、その割れ目を押し開く。

「ひうっ……」

中は思ったよりも濡れていて、トロッと蜜が溢れ出した。これなら、もうすぐにでも挿れられそうだ。

マルクは硬い肉竿を彼女の入り口に押し当てる。

「ん、これが……ごくっ」

緊張か期待か、リュドミラが唾を飲み込んだ。

「いくぞ」

「んあぁぁあっ！」

肉竿の先端が彼女の膣内に入る。入口は狭く、亀頭部分をキュッと締め付けた。

キツめの圧迫に力を込めながらゆっくりと押し込んでいくと、急に抵抗が軽くなり、一気にヌルっと呑み込まれる。

「はぅぅぅぅうっ！　あっ、んうっ！」

その気持ちよさに思わず上げたマルクの呻き声は、リュドミラの大きな嬌声にかき消された。

入り口のほうはとても狭いが、中は柔らかく肉竿を包み込んでいた。

そうは言っても、膣襞が蠕動しながら竿を締め付けてくるので快感は大きい。

「中に入ってるの……なんか、変な感じ……あんっ」

軽く腰を引くと、膨らんだカリが襞を擦り上げた。

そのまま止まっていると、リュドミラが小さく腰を動かした。

「ぐっ……」

「マルクも感じてるの？　私の中で、気持ちよくなってるの？」

リュドミラは振り返ってマルクを見る。

蕩けた顔で見つめられて、マルクの理性が決壊した。

「あっ、マルク。きゃっ！」

彼女の細い腰をしっかりと掴むと、遠慮なく腰を打ち付けだした。

「ひうっ！　あっ！　すごっ、奥までっ……！」

バックということもあり、ピッタリと腰が密着して、奥まで肉竿が抉っていく。

まだ肉竿に戸惑っている膣襞を擦り上げ、その内側を広げていく。

「んあっ！　あっあっ！　ダメッ！　私の中がっ……マルクの形にされちゃうっ！」

クールな喋りとは違う、高く激しい声でリュドミラが叫ぶ。

冷静そうな彼女が乱れる姿に、マルクの昂りはましていき、更に激しく腰を打ち付けた。

「んあぁっ！　あっあっ！　なんか、きちゃうっ！　すごいの、あぁっ！」

その激しさに呼応するように、膣内はきゅうきゅうと締まって肉竿を締め付けていた。

「あうっ！　あっ！　ぁんっ！　イク、あっ！　イク、イックゥウウゥッ！」

ドピュ！　ビュクビュクンッ！

リュドミラの絶頂で膣内が収縮し、肉竿から精液を絞り上げる。その求めに応じて、マルクは射精した。

「あっ、ああ……熱いのが、わたしの中に……ん……」

身体を丸めていたリュドミラから肉竿を引き抜く。

「んうっ！」

抜くときにも声を上げた彼女は、そのまま体を横に倒した。

彼女は首を傾け、マルクを見上げた。

「……………」

「どうしたの？」

見つめられたマルクは、まだ下半身が丸出しという恥ずかしさもあって、彼女に尋ねる。

「なんでもない」

リュドミラは顔を赤くして、隠すようにそむけた。

言葉をかわす以上の繋がりは、しっかり得られたようだった。

八話　汚染モンスターの討伐

リュドミラを仲間に加えて、マルク達は本来の目的であった村を目指した。

彼女の標的はマルク達だけだったので、前を走っていた二パーティーの馬車は先に村へとついているはずだ。

マルク達の馬車だけ孤立していたのは、ギルドが手配した御者のなかにリュドミラが手配した者が紛れ込んでいたためだ。彼女が仲間になったことで、御者も雇い主の言う通りに村を目指してくれた。

できる限り馬車を飛ばして、村へとたどり着く。

村人から話を聞き、他の二パーティーが先行している森へと向かう。

リュドミラを加えたマルク達四人が森に入ると、遠くから戦闘の音が聞こえた。もう討伐は始まっている。

マルク達は急いでそちらへと向かった。

「無事だったのか！」

マルクを見かけると、先に変異種の討伐を行っていた探索者のひとりが、そう声をかけてきた。

彼の足元には、一匹の変異種が転がっている。この辺りによく出る、角の生えたウサギ型のモンスターだ。本来なら白か茶色の身体だが、変異種特有の毒々しい紫になっている。

「急にいなくなってたから、どうしたかと思ったぜ」

「ごめん。ちょっとトラブルがあって遅れたけど、もう大丈夫だ。ファイアーアロー！」

マルクは詫びをいれながら、炎の矢を茂みへ向けて撃った。

炎を受けた変異種ウサギが飛び出してきて、その額をヨランダが射抜いた。

「数が随分多いみたいだね」

「ああ。まずはこいつらを減らして、餌を撒いてるやつをあぶり出さないとな」

「じゃあまたあとで」

マルク達は探索者のパーティーと分かれて、変異種の討伐へと入る。

これまで制約を果たすのは完全にその日の戦闘が終わってからだったので気にする機会もなかったのだが、マルクの魔力は制約を果たすことで全快していた。

リュドミラとの行為が制約の役割も果たしており、範囲魔法で減ってしまった魔力もきっちりと回復していた。そのため、変異種の討伐にも全力で挑むことができる。

投擲で補正のなくなっていたユリアナも、移動でそれなりの時間を食ってしまったので、今はもう本調子だ。元が弱いウサギ型のモンスターということもあり、変異種として強化されていても、危なげなく狩ることができる。

リュドミラだけは日を跨がないと弾丸が回復せず、今日はもうライフルが十四発とリボルバーが五発、ともに装填されている分しか残されていなかった。

「マルクといっしょの戦闘なのに、ちゃんとした活躍ができない……」

リュドミラは悔しそうにそう呟いた。

自分の腕で稼いで居場所を作ってきた彼女にとっては、きっちりと実力を見せられないことが苦痛なのだろう。

特に今回は数多く倒すことが重要なので、弾数がなければどうしようもない。

しかし、彼女の実力は既に直接戦って十分に分かっているので、マルクにすれば問題はなかった。

「よし、いくぞ」

マルク達は遅れを取り戻すためにも、気合いをいれて変異種ウサギ狩りを始めた。

†

「数が多いな」

「もしかしたら、変異種の子供も変異種として生まれてくるのかもしれないわね」

ヨランダが矢を放ちながらそう答える。

この前のシカでさえ数に驚いたが、今回はその比ではない。既にマルク達だけで二十匹は狩っていた。

元が弱いモンスターなので対応できているが、オオカミ型やザリガニ型の変異種がこの数発生してしまえば、ひとたまりもないだろう。モンスターを汚染して変異種にするなんてことは、すぐにでも止めさせないといけない。

「個体が弱い分、繁殖力の高い種だから」

銃剣でウサギを突き刺しながら、リュドミラが言った。

シカ型モンスターの変異種がこんな数になっていなかったのは、やはり繁殖力の問題なのだろう。

オオカミ型が単独だったのは場所が遺跡の奥で、ここや前回の村のように定期的に餌をばらまくことができなかったからだろうか。

「でも、流石にそろそろ見かけなくなってきたね」

ユリアナが周囲を警戒しながら声をかける。

「ああ、これで動きがあればいいんだが……」

餌をどこで与えているかはまだ分かっていない。

ただ、変異種の固まっている場所から、大まかな位置は割り出せている。

これだけ変異種がいたのだ。どこかに大量の餌か、餌を汚染するための何かを隠しているはずだ。

マルク達の目的がただの狩りではなく変異種を狙ったものだと知れば、実行犯は汚染用の餌を隠そうとするだろう。だが商会側とそこまで密に連絡が取れているとは思えない。一ヶ月分かそれ以上かわからないが、とにかくまとまった量で渡されているはずだ。

三パーティーは手分けして、その証拠を探していく。

作戦は単純なものにし、それぞれ探しながら、道中で変異種を見かけたら撃破。

汚染された餌を見つけたらその周辺で隠れて、実行犯を待つ、という手順だ

もしかしたら既に実行犯が来ているのかもしれないが、マルク達三パーティーが周辺をうろついているため、そう簡単に逃げ出すことはできないはずだ。

「こっちのほうにはいないみたいだね」

「変異種を見かける頻度も落ちてる？」

前を歩くユリアナとリュドミラが足を止める。

「あまり遠くへ行ってもまずいし、一度戻ろうか」

実行犯がどの辺りにひそんでいるのかはわからない。

マルク達は踵を返し、変異種が多かったエリアへ引き返す。

「おう、やっぱりこの辺に……うわっ！」

他のパーティーが向こうから歩いてきたかと思うと、声を上げた。

彼らの周囲には七匹もの変異種ウサギが集まっていたのだ。

「ぐっ、すまん、助けてくれ！　この数はまずい」

探索者は駆けてくるマルク達に助けを求める。一匹二匹なら戦えるが、この数は厳しい。

「やはりこの辺りか。ファイアーボム！」

マルク達は駆けつけながら、変異種に攻撃を加える。

「ギーッ！」

派手な攻撃を加えたこともあって、ウサギの大半はマルク達へ標的を変えた。

そして、更に数匹のウサギが飛び出してきた。こちらはまだ色の変わりが中途半端で、紫と茶や白の斑になっている。

そのとき、茂みが動いて何かが逃げるように駆け出す。ウサギよりは明らかに大きく、ちょうど身をかがめた人くらいのサイズ。

「そっちを追ってくれ。変異種は引き受ける！」

「分かった！」

マルク達は変異種を引き受け、探索者パーティーが人影を追った。変異種の群れよりは、人影を追うほうが安全なはずだ。

探索者達を追おうとした二匹を、リュドミラが銃で仕留める。

「これだけ固まっていればかえってやりやすい。ファイアストーム！」

容疑者も確保できるだろうし、これで終わりだ。マルクは出し惜しみなしの範囲魔法で一気に変異種を片付ける。

「確保したぞ！」

向こうから探索者の声が聞こえ、マルク達もそちらへ駆けつけた。

†

「助かったよ。やはりマルク達がいてくれてよかった」

実行犯を捕まえ、村への報告を終えた後。

探索者のひとりがマルクの肩に手を回してそう言った。

村からは三パーティーに厚い感謝が贈られ、更に仲間の探索者からこうして褒められて、マルクは照れてしまう。

「あとはこいつを引き渡すだけだな。さっさと戻っちまおう」

「ああ」

距離が近いということもあって、マルクを含めた探索者一行は、すぐに都市へ帰ることにした。

「お疲れ、やっぱりマルク達はすごいな」

他のパーティーもそう言って、彼らに憧れの眼差しを向けた。変異種の討伐数は、後から来たはずのマルク達がトップだった。

「今回、一緒に戦えてよかったよ」

最近ではもう、ギルド内でも名うての探索者として、マルク達の名前は広まっている。

そんな状態に気恥ずかしさを感じていたが、こうして面と向かって褒められると誇らしさも浮かんでくる。

変異種の研究はギルドでも進んでいる。証拠さえ揃えば、ザッカリア商会への捜索も入るだろう。

(反対に、追い詰められて強引な手に出ることもあるのだろうか?)

帰りの馬車に揺られながら、マルクの胸には悪い予感が渦巻いていた。

九話　内外からの襲撃

マルク達が帰ってきた時点でリュドミラの失敗は知られてしまうので、商会長の元へ戻ることはできない。

リュドミラはこっそりとマルク達と共に都市へと入り、ヨランダの部屋に一緒に泊まることになった。

一夜明け、マルク達は朝食をとるため宿の一階にあるレストランへと向かったのだが、なんだか空気がおかしい。

「どうも、隣国の兵が国境を越えてここを目指してるらしいのよ。今、都市の兵士が準備をしてるの」

先にレストランにいたお客さんが、そう言って事情を教えてくれる。

「数はこっちのほうが多いし、向こうも脅しだけでしょうけど、嫌な空気ねぇ……」

窓の外では、兵士達がバタバタと準備をしている。街の人々もピリピリした空気は感じつつ、そこまで大事にはならないと思っているのか、日常は普通に続いている。

都市から逃げ出そうとはせずに、いつものように仕事を始めていた。

宿のレストランも、普通に開いている。

みんな街の様子を気にしつつも、朝食をとっていた。

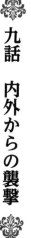

マルク達もそれに倣い、朝食をとる。

「むしろ何かが起こる前に、きちんと食べておいたほうが良さそうだしね」

探索者も戦闘の経験は豊富だし、傭兵として軍と一緒に駆り出されるかもしれない。

隣国とはずっと緊張状態にありつつも、これまで本格的に戦ったことはなかった。

ドミスティア側は経済を中心としていることもあり、戦争でかかるコストを懸念していた。ただでさえ緊張状態のせいで兵が多く必要になり、商人に対する税を重くして不満が出ているところなのだ。本格的な戦争ともなれば、その最中で内部からごねられるに決まっている。

逆に隣国としては、ドミスティアと正面衝突すれば破れるのが見えている。内部での諍《いさか》いがもっと大きくならないと、攻めきることは不可能だ。

「食べ終わったらギルドに顔を出しておこうか」

「そうだね」

マルクの言葉にユリアナが頷く。

隣国が動くとなると、ザッカリアも何かするかもしれない。変異種が完成していなくても、ザッカリア商会は大手だ。何らかの方法で隣国を有利にするかもしれなかった。

リュドミラを手に入れるために、わざわざ村近くで変異種モンスターを生み出し、土壌を汚染していたような人物だ。

今回も何をするか分からない。

マルク達は食事を終えて、ギルドへと向かった。

ギルドのカウンターで職員と話をする。

今のところ、その戦力差もあって、軍のほうも自分達だけでなんとかできると考えており、探索者ギルドへ助けを求めることはないそうだ。

ただ、そういう事態が発生しうる、という話だけは既に上同士でされているらしい。

今のところはまだ、遺跡へ探索を行くのも自由ということだが、どうなるかわからない。

そんな話をしていると、突然ギルドの扉を蹴破るようにして、誰かが転がり込んできた。

全員の視線がその飛び込んできた男へと向く。見たところ、探索者という風ではない。

必死な様子の市民に、ギルド内の空気が変わる。

「助けてくれぇっ！　街に、モンスターが！」

ギルド中の探索者達が立ち上がる。何名かはいち早くギルドから飛び出し、職員も慌ただしく動き出した。

出入り口には探索者達が殺到していて、すぐには通れそうにない。

国境を越えたとはいえ隣国の兵はまだ都市襲撃の意志は見せず、兵が対応に向かったところだ。ギルドではこの後、緊急時の連携について話すつもりだったくらいで、予想外のタイミングでの混乱に対応できていない。

「モンスター……やっぱり内側からだよね」

「隣国の動きを受けて、ザッカリアが実験用に持っていたモンスターを放ったのか、隣国のスパイが忍び込んでいてモンスターを放ったのかだね」

ユリアナの問いに、マルクが答える。

そして空いてきて出口から、街へと飛び出した。

「とりあえず、モンスターをなんとかしないと……」

街中も人々が逃げ回っていて混乱していた。

モンスターが出た、という話ばかりが駆け巡って、具体的にどこへ出たという話は錯綜している。

そのためどちらへ逃げていいのか定まっておらず、右往左往していた。

「外から入ってきたとは考えにくいし、もっと奥のほうかな」

マルク達は街の出口と反対側を目指していく。

「うわぁぁぁあっ！」

悲鳴を上げながら街人が駆けていく。

「すごい混乱ね。これはきっと、現れたモンスターも一匹や二匹じゃないのよね……」

ヨランダが難しい顔で呟く。その脇を、また人が駆けていった。

最初はあちこちに逃げ回っていた人々だが、今は揃ってマルク達と反対方向に逃げている。混乱していた流れが一本になる。

「こっちか！」

つまり、この先にモンスターがいるということだ。すれ違う人々はただのパニックではなく、明確な脅威から逃げている。

マルク達が駆けつけると、そこにはシカ型の変異種がいた。

「変異種……ザッカリアが街中に放ったの!?」

リュドミラが驚きながらも、銃を構える。

ダダダダダダッ！

フルオートの銃声が響き渡り、弾丸がシカをめがけて飛ぶ。

この世界の技術を超越した鉛玉が、モンスターの皮膚を容赦なく貫いた。

「やぁっ！」

弾丸を受けてよろめいたシカの首を、ユリアナの刀が落とす。

ここにいたのはそれだけのようで、周囲には一時の静けさが戻った。

息絶えた変異種の近くには、犠牲になった人々の死体が転がっている。

シカ型モンスターの角や足に貫かれた者がほとんどだが、人の流れに乗れず押しつぶされたと思われるのもあった。

「制御できない変異種を放ったのか……」

マルクは苦々しく呟いた。

どんな種類の変異種が、どのくらい放たれたのかは分からない。探索者や兵士で駆除するとしても、どこまでの被害が出るのか……。

「この状況では、街の外に出るのも容易じゃないはず……」

リュドミラは考え込んで、マルク達に呼びかける。

「ザッカリアは多分、シェルターに逃げ込んでる。ついてきて」

「ああ、分かった」

こうなれば、ザッカリアが何らかの方法で変異種を止めるすべを持っていることを祈るしかない。

ここで彼を逃がして隣国の兵と合流されれば、もう手出しができなくなるだろう。変異種の作り方も隣国の手に渡ってしまう。

最悪でも、それだけは止めなければ。

リュドミラの案内で、マルク達は路地裏へと入る。

家と家の隙間、人ひとりがやっと通れるかという細い道。入り組んでいることもあり、流石にここを逃げてくる人はいないようだった。

表通りからは、まだ混乱する人々の叫び声や走る音が聞こえてくる。

隣国への対策で集められた兵達は、既に大部分が出発しているのか、それともこの騒ぎで駆け回っているのか。

どちらにせよ、国境を越えたという隣国はこの混乱に乗じて攻めてくるつもりだろう。

正面からぶつかればドミスティアのほうが強くても、この混乱を叩かれればどうしようもない。

(隣国を諦めさせるには、ザッカリアの無力化を示す必要がある)

或いは、他にも協力者が何人か居るかもしれない。全部とはいかないまでも、ザッカリア含む大物を無力化したことを伝えれば、戦力で劣る隣国は引き下がるしかなくなる。

(他の協力者は、その所在も存在もわからない。俺達になんとかできるのはザッカリアだけだ)

だからそのひとりをきっちり押さえるべく、マルク達は急ぐ。

「ここから、地下へ降りられる」

細い道の、行き止まり。一見すると前も左右も家が並び、その塀に囲まれたスペース。

床の一部が他と違う色をしており、リュドミラがそこに手をかけると、蓋が外れた。

地下へ続くはしごが伸びている。奥は暗く、そこがどのくらいかは見えない。

「だいたい、一階分くらい。私が先に行く」

そう言ってリュドミラが最初に降りていく。マルク達もそれに続き、気をつけながらはしごを降りていった。

「街の下に、こんな空間が……」

ユリアナが驚きとともに口にする。

はしごを降りた先は小さな横穴があるだけだった。そこを抜けると、三メートルほどの道幅を持った地下道が現れた。

左右にぼんやりと明かりが灯っており、歩くのには不自由しない。一度横穴を通るため、覗き込んだときは暗かったから、狭い路地裏の先ということもあり、知っていなければ見つけられないだろう。

「この先に、シェルターがある。でも、もしかしたら奴らの手下がいるかも。気をつけて」

そう言いながら、リュドミラが歩き出す。

マルク達はシェルターを目指し、地下道を進んでいった。

十話　シェルターへ

マルク達四人は、ザッカリアのシェルターを目指し、地下道を進んでいた。

出入り口は何箇所も用意されているらしく、時折横穴を見つける。それ以外は見通しのいい広々とした道なので、敵の接近にはかなり早い段階で気づくことができた。

「変異種か。それも、オオカミ型……」

ウサギやシカに比べて、かなり強いモンスターだ。

マルク達も成長して変異種との戦いにも慣れたから、今やさほど苦戦はしないだろう。

だが、真正面からぶつかれば無傷とはいかないかもしれない。幸い、まだ距離もある。

マルク達は先に仕掛けることにした。

「ファイアーボム！」

マルクが魔術を使い、火球がモンスターからはややそれたところへ飛んでいく。

そしてヨランダが矢を放ち、リュドミラが逃げ道を塞ぐように弾丸をばらまいた。

エルフの矢も弾丸も、決して無視できるものではない。

オオカミはその攻撃を避ける。迫りくる弾丸と矢。逃げ道は一箇所しかない。オオカミは素直にそこへ飛び――。

「グガァッ！」

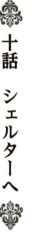

ファイアーボムの直撃を受ける。爆破で右前足をやられたオオカミがよろめいた。

変異種ということもあり、やはり一撃では倒せない。

少し近寄ったリュドミラが、リボルバーでオオカミの目を撃ち抜く。

眼球を抉り眼窩を砕き、弾丸は脳へと到達する。変異種として防御力が上がろうと、生物としての脆さは残っている。

オオカミを倒し、マルク達は先を急ぐ。

遠距離攻撃だけで片付いてしまったため、出番のなかったユリアナが若干何か言いたげだったが、そのままシェルターへの道を急いだ。

「私兵か……？」

やがて地下道のつきあたり、大きく重そうなドアが姿を現した。あそこがシェルターだろう。

その前には四人の武装した男達がいる。

「くっ……」

相手が人間ということもあり、マルクは一瞬躊躇してしまう。先に襲われればスイッチが入るのだが、先程のオオカミのように、遠距離から先手を取る気にはなれない。

「私がやる」

リュドミラは足を止め、ライフルを構える。

気づいた兵士達が駆け寄ろうとするが、それよりも早くリュドミラが発砲した。

バンッ！　つというセミオートの銃声が四つ響き、四人の兵士が地面に転がった。

足を撃ち抜いたらしく、四人ともそれぞれ足を押さえて転げ回っていた。

「開け方、誰が知ってると思う？」

近づきながら、リュドミラが尋ねる。四人の様子では、ぱっと見誰がリーダーかは分からない。

リュドミラはリボルバーに持ち替え、ヨランダもめったに使わない護身用の短剣を抜く。

マルクだけは杖のままで近接装備を持たないが、足を撃ち抜かれた相手なら平気だろう。

ヨランダがシェルターのドアを開こうとするが、鍵がかかっている。

「鍵は誰が持ってる？」

三人はそれぞれの兵士に尋ね、ヨランダも残るひとりに迫る。

「なっ……」

兵士を押さえつけ顔を覗き込んだマルクは、思わず驚きの声を上げる。その顔は、毒々しい紫色をしていた。

「があああぁっ！」

叫び声を上げながら襲い掛かってきた兵士が、マルクを押し倒す。

力の強さ以上に、紫に変色し、一部ただれた顔の人間が、歯をむき出しにして襲ってくる光景にマルクは驚いて対抗できなかった。

これまでモンスターでは散々見てきたが、人間が変異した姿は初めてだ。

それは出来の悪いゾンビのようで、生理的な嫌悪感を催す。自分と同じ人間が元だからこそ、その凶悪で哀れな姿に恐怖を抱く。

「ぐっ、このっ！　ファイア！」

「ぐぎゃぁぁあっ！」

杖ではなく、自身の身体から魔術の炎を放射し、至近距離のゾンビを焦がす。

焼かれたゾンビが悲鳴を上げながら倒れ、身を焦がしながらのたうち回る。

人間の肉が焦げる匂いに顔をしかめながら、マルクは立ち上がった。

三人もそれぞれ人間の変異種ゾンビを倒していた。リュドミラは人相手の戦闘にも慣れているため表情は隠せているが、ユリアナは小さく震えている。

「大丈夫か？」

三人に声をかけると、ヨランダは頷き、ユリアナはこらえきれずに抱きついてきた。

マルクは怯えている彼女を抱きとめて、その背中を擦って落ち着かせる。

「大丈夫だ。あれは変異種だから」

その間に、リュドミラは死体をあさり、鍵を回収していた。

「今は、こっちを」

「ああ。ユリアナ、もう大丈夫か？」

「うん……」

リュドミラが鍵を使い、ロックを解除する。

ヨランダとマルクが武器を構え、リュドミラがドアを開け放った。

「おい、なんで開け――貴様らは……！」

中にいたのはザッカリアひとりだ。

シェルターに入ってきたマルク達を見て、彼は目を見開いた。そして、その目がリュドミラを捉える。

「確実に仕留めろ、と言ったはずだがな。どちらも生きているとは。……まあいい。状況が変わった。四人とも雇い入れよう。このまま隣国まで私を連れていけ。そうすれば――」

ダンッ！

と銃声が響き、ザッカリアの言葉は途切れた。

彼の横には弾痕。リュドミラが手にしているリボルバーから煙が上がっていた。

「私の故郷にモンスターを放ち、汚染していたのは本当？」

「……ふぅ」

リュドミラの問いかけに、ザッカリアは息を吐いた。マルク達に目を向けてから、リュドミラへと視線を戻す。そして両手を上げると、芝居がかった動作で後ずさる。

「何もかも話したのか？　ギルドの情報網も侮れんな。……やれやれ、どうやらここまでのようだな。ただの探索者だと甘く見てしまったか」

ザッカリアは両手を上げて降参を示したまま、後ろへと下がり続ける。

「まったく、まだ未完成だと言うのに急かすから……」

「止まれ！」

後ろに下がっていくザッカリアに、リュドミラが叫ぶ。だが、ザッカリアはそれを聞いて、大きく後ろへ跳ぶ。

ダンッ！

「ぐっ……」

着地より先にザッカリアの足を弾丸が撃ち抜き、彼をうずくまらせた。

ザッカリアが着地しようとしていた床は色が変わっており、スイッチのようになっている。

倒れたザッカリアはそれでもそのスイッチに手を伸ばし――。

「ぐぉおっ……」

リュドミラの弾丸がその手を撃ち抜く。

彼女はリボルバーを構えたまま、ザッカリアの元へ歩いた。

倒れた彼をボタンから引き剥がし、その額に拳銃を突きつける。

「変異種を無害化する手段は？」

「そんなものあれば、シェルターに隠れる必要などないだろう」

「くっ……」

ザッカリアの答えに、リュドミラが顔をしかめる。マルクはそこに近づき、倒れている彼を見下ろして尋ねた。

「止めるだけならできるんじゃないのか？」

そう尋ねたマルクを、ザッカリアが睨みつけた。

「お前は本当に、余計なことばかり……」

「あるのか!?」

リュドミラが銃を押し付けながら尋ねる。

「おいおい、そんなに力を込めたら弾丸が発射されてしまうぞ？　どのみち終わりなんだ。黙って殺されても変わらないわけだが……」

ザッカリアはシェルターの端を指差す。

そこには二種類の壺があった。ヨランダとユリアナがその中を確認する。

片方には、変異種よりも更に濃い紫色の液体。

もう片方には、黄緑色をした液体がなみなみと入っていた。

「見た通り、紫は汚染モンスターを作るためのもの。黄緑はそれを止めるもの」

そこでザッカリアは、指輪を外すと床に置いた。そこにはザッカリア商会が使う封蝋と同じマークが彫られている。

「それはザッカリア商会の証だ。そいつを持っていけば、隣国の連中も状況を察するだろう」

リュドミラは片手で銃を突きつけたまま、もう片方の手で指輪を拾い上げる。

「ああ、それと、黄緑の液体だが、そいつは汚染——お前ら言うところの変異種によく効くが、戻すことはできない。あくまで殺すだけだ。専用の猛毒でしかない。注意しろよっ……使えればだがな!」

至近距離にいたリュドミラめがけて、ザッカリアはいつの間にか取り出していた小瓶の中の液体を浴びせかける。

「シールド!」

「ぐおおっ!」

透明なシールドが一瞬で紫に染まり、跳ね返った飛沫がザッカリアにかかる。

紫の斑が彼の顔に浮かび上がり、ゆっくりと染み込んでいく。顔をかきむしりながら、ザッカリアが暴れた。

リュドミラが飛び退き、ザッカリアが地面から起き上がる。手足を撃たれている彼は、よろめき

259 第三章 英雄日和

ながらも全身から紫の煙をばらまき始めた。

「変異してる……！」

先程の私兵のように、紫の顔をしたザッカリアは、手足を撃たれているにもかかわらず襲い掛かってきた。

マルクは手元の壺に目をむける。黄緑色の液体は、変異種への猛毒だと言っていた。

だが、本物かどうか、まだ分からない。

マルクは自分の手にかからないよう、杖の先端を液体に浸し、ザッカリアへと飛沫を放った。

「ぐ、ぎゃぁぁぁぁっ！」

僅かに液体がかかっただけで、汚染されていたザッカリアは悲鳴をあげる。

茶色い煙を上げながら、ザッカリアの汚染された肉体が崩れていく。

「どうやら、効果は本当のようだ……」

これを使えば、街にいる変異種を倒すことができる。

「よし、急ぐぞ！」

壺を抱えてマルクが叫ぶ。

四人はシェルターを出ると、地上へと向かった。

十二話　終結

マルク達四人は近い出口から地上へと戻った。

入ったときとは違うその出口は、どうやら都市のほぼ真ん中辺りのようだった。

ザッカリアの放った変異種モンスターは、まだ街の中で暴れている。

マルクの手には、特効薬となる壺。その中には、黄緑色の液体がなみなみと注がれていた。

この黄緑色の液体が変異種に対してだけの猛毒だというのはザッカリア自身で証明された。

問題は変異種でない人への毒性だが、わざわざリュドミラを汚染しようとしていたのを考えれば、可能性は低いだろう。

変異種以外にも有毒であるなら、最初から毒性を持つ黄緑色の液体で攻撃していたはずだ。

あの場でリュドミラが変異種にされてしまえば、どのみち真っ先にザッカリア自身が殺されていたのだから。

問題はどう使うかだ。街中に散らばった変異種を見つけるだけでも一苦労である。

「手分けするしかないのかな……」

ユリアナが不安そうな声を出す。それが最も普通の方法だが、どのくらいかかるか分からない。

この都市はこの世界有数の街で、面積も広く、四人で街中を回るのは不可能だ。

「特効薬は、変異種にだけ猛毒……他に影響がなくて、少しでもかかればいいなら……」

マルクは三人に目を向ける。

「ユリアナとヨランダは、これを持って隣国の兵を止めてきてくれ。ザッカリアが言っていたように、やつがやられたとなれば向こうも考えるはずだ。リュドミラは都市側にいるザッカリアの関係者に、彼を止めたと話してきてくれ。変異種は俺が引き受ける」

「わ、分かった」

一瞬迷いを見せたものの、ユリアナはマルクを信用し、封蝋に使う指輪を持って駆け出した。ヨランダがそれに続く。

小さく頷くと、リュドミラも走っていく。彼女がザッカリア商会の人間だということは、すぐに分かるはずだ。だれが内通した協力者かはわからないが、少なくとも耳を傾けてくれるだろう。

三人を見送ると、マルクは壺を地面に置き、杖を構える。

要は、この液体が街中に飛んでいけばいいのだ。広範囲に雨を降らす魔術というのがあればよかったが、それは難しい。水系範囲魔法の射程は、せいぜい五十メートル四方程度でしかない。戦闘能力として考えれば破格だが、都市に対してはあまりに無力だ。

「水系は無理でも、風系ならいけるはずだ」

何も、攻撃として有効である必要はない。巻き上げられた薬がかかればそれでいいのだ。風の魔術で、薬を街中にばらまく。イメージはスプリンクラーだ。

今はほとんど風が吹いていない。マルクは杖を構え、魔術を唱えた。

「ウインドウォーク！」

まずは壺を上空へと打ち上げる。上空の風に流されないよう注意しつつ、なるべく高く。

「トルネード！」

そして、充分に上がった壺を目がけて、竜巻の魔術を放つ。渦を描く空気のうねりが直撃し、中の液体を放射状に撒き散らした。

黄緑の液体は細かな粒となって、街中に降り注ぐ。くまなく、とまではいかないかも知れないが、これで大多数の変異種モンスターは無力化できたはずだ。

ザッカリアを倒し、変異種モンスターが消えたことが伝われば、都市の兵もすぐに態勢を立て直せるだろう。隣国も、ザッカリアが無力化されたことを知れば正面衝突を警戒するはずだ。

そちらは三人に任せて、マルクは都市に変異種モンスターが残っていないか探すことにした。

　　　　†

街中に溢れていた変異種モンスターが突如動きを止めたことで、都市の兵達はすぐに態勢を立て直し、隣国の兵に対応した。

ザッカリアと変異種の無力化を知り、そして実際に都市の兵が押し寄せるのを見た隣国は撤退した。国境を越えた件についても謝罪が行われ、ドミスティアは賠償金を得た。

そして、街中に溢れた変異種モンスターを止めたことを中心に、ザッカリアを倒し隣国の戦意をそいだことなどを理由に、マルクは叙勲を受けることとなった。

隣国への牽制や国内へのアピールも担うため、急ピッチで準備が進み、打診からほんの数日で叙勲式が開かれることになった。

263　第三章 英雄日和

ドミスティアで一番大きな広場を使い、叙勲が行われる。

めったにいない《魔術師》であること、その魔術を用いて街中に溢れた変異種を一掃したことから、マルクは一気に英雄となり、街人にも兵達にも支持されていた。

彼の叙勲式には、広場いっぱいの人が駆けつけていた。

裏手からそれをちらりと確認したマルクは、緊張をより高めながら裏へと戻る。

「なんだか、すごいことになってるな……」

「マルク、すっごい緊張してるね」

隣でユリアナが笑った。彼女も功績を讃えられ、褒美として大金を受け取っている。ただ、今日叙勲を受けるのはマルクひとりである。彼女は気楽な立場だった。

「そんなに硬くならずに、ほら、深呼吸」

ヨランダも緊張する彼の側で、優しく微笑んだ。

「緊張しているマルクは、ちょっと面白い」

リュドミラはそう言って彼をひやかす。ザッカリアのメイド、という表向きの職を失っても、彼女はなぜかメイド服のままだった。もともと好みの服装だったのかもしれない。

そう考えていたマルクも、大きな舞台だと言うのにいつも通りの格好だった。それに、杖まで持っている。これは《魔術師》としての彼を特別扱いにしたいという都市側からの要請だった。

どちらにせよ大舞台に相応しい服なんて持っていないマルクからすれば、助かる話だ。

こんな大掛かりな叙勲式自体、本当は断りたかったのだが、そこは様々な要因が絡んで、頼み込まれてしまった以上断りきれなかったのだ。

「大丈夫だよ。これはマルクがやってきたことの結果を、みんなが褒めてくれるだけなんだから」

ユリアナは彼の肩をぽんと叩いた。マルクはそれでも緊張したまま、小さく頷く。

進行役が大きな声で広場へ叫び、街人達が盛り上がった。

「マルク様、そろそろこちらへ」

「あ、ああ……」

彼よりずっと上等な服を着た、これまでなら接点のなかった立場の人間に促され、舞台袖へと移動する。

「あとは、リハーサル通りに」

小さく頷くと名前が呼ばれ、マルクは舞台へと上がる。

その瞬間、広場中から歓声が上がり、そのあまりの大きさに一瞬動きを止めてしまった。

ややぎこちなくなりながらも、そのまま中央へ。

ドミスティアのトップがマルクの功績を讃え、叙勲のためのセリフを口にするが、マルクの頭にはほとんど入っていなかった。

失敗しないように、とそればかり考えていたのだ。

先程までの喧騒から一転、会場が静まり返る。

そのまま式典は行われ、マルクに勲章が授けられた。その瞬間、再び会場が大声に包まれる。

マルクは振り返り、広場に集まった人々に一礼した。顔を上げると、そこには無数の人。広場を埋め尽くすように人が押し寄せ、みんな彼を祝ってくれている。

都市とは縁のない田舎で生まれ暮らし、ほんの数ヶ月前までは奴隷だった。それが今は、こんなにも多くの人に支持され、英雄として扱われている。

なんだか不思議な気分だった。

自分には似合わないような気がしてむず痒い思いもある。けれど、こうしてたくさんの人が喜び、祝福してくれているのを見ると、喜びが湧き上がってくるのを感じた。

舞台を降りても、歓声は鳴り止まない。袖に戻ったマルクを、三人が迎え入れる。

「お疲れ様、マルク」

緊張する叙勲も終わり、ユリアナ、ヨランダ、リュドミラの二人に囲まれて、マルクはようやくひと心地つくことができた。

「都市を救った英雄なのに、マルクは変わらないね」

緊張から開放されて脱力するマルクに、ユリアナが笑いかける。

「俺自身が何かしたわけじゃないし……。今回のことだって、なんだか実際より大きくなってる気がするよ」

そう言ってマルクは苦笑した。


村を救うために奴隷となり、そこからドミスティアの英雄へと至ったマルク。

ドミスティアが大きくなっていくに連れて彼の話もどんどんと広がっていくのに比べれば、今回の叙勲は誇張などされておらず、極めて妥当なものだった。

後に何度も舞台へと上がり、その都度緊張することになるのだが、初の大舞台から開放されたばかりの彼は、一世一代の役目を終えたとばかりに、用意された椅子にもたれかかるのだった。

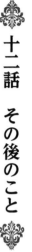

十二話　その後のこと

叙勲を受けて英雄となったマルクの環境は、徐々に変わっていった。

立場を与えられたことで、これまで探索者のなかでの有名人でしかなかったのが、様々な業界の人からも声をかけられるようになったのだ。

英雄となった彼のもとには様々な人や物が集まり、いろんな願望が寄せられる。

ただ、根が小市民な彼にとって一番大きな違いといえば、仲間のことを除くと、自分の家を持てるようになったことだ。

あちこちの遺跡を飛び回って発掘品を売る探索者は、あまり一箇所に落ち着く仕事ではない。

そのため、自分の家を持ってどっしりと構えるのは珍しいことだ。

マルクは半ば引退し、探索者は趣味程度にとどめているのでこうして家を持つことができた。

彼が住んでいるのは、普通の一軒家だった。英雄であることを考えれば広いとはいえない家だが、ふたりで過ごすには広すぎるくらいだ。

マルクはこの家で、ユリアナとともに暮らしている。

英雄であることが探索者稼業をやりにくくさせた原因ではあるのだが、マルクにとってより大きかったのは、ヨランダが旅に戻ったことだ。

元々世界中を旅していた彼女は、マルクと出会ってからそれを一時取りやめて行動をともにしていたのだが、彼が家を手に入れたことを知ると「あらあら」と連呼し、ユリアナに笑顔を向けていた。

そして顔を真っ赤にしたユリアナを楽しんだ後、また旅に出ることにしたのだ。

元々はお金を貸した恩返しというのが名目だったし、既に十分以上お返しを受けているため、引き止められる理由はなかった。

それに、ずっと会っていないわけではなく、彼女はちょくちょく旅先のお土産をもってマルク達の元を訪れるのだった。

リュドミラは村へ戻っている。

ザッカリアによる汚染が収まって村の土壌が回復してきたことと、隣国を退かせた功績で大きな報奨が手に入り、孤児院の運営が持ち直したからだ。

彼女は手軽な遺跡に潜りつつ、孤児院の手伝いをして暮らしている。

村は半日で行ける距離だし、遺跡からの発掘品を売るために都市を訪れるので、彼女と合う機会も多い。マルクも同じように遺跡へ潜るのだが、最近は主に周囲の村での困り事を解決しに回ることが多い。モンスターが増えてきたときにその駆除を行ったり、村を大きくするときに周囲の開拓を手伝ったりしている。

探索者というよりも便利屋だ。

戦闘能力を持つ者の多くは、探索者として一攫千金を求めて遺跡に潜ってしまう。

村周辺のモンスター駆除などを行える人間はあまりいないのだ。

マルクはそこで困った人々を助けながら暮らしていた。

†

先日、ある村周辺のモンスターを駆除してきたマルクとユリアナは、都市の家に戻りのんびりと休日を過ごしていた。

明日も予定はない。

前よりも素直に甘えてくるようになったユリアナが、一緒に寝るために部屋を訪れていた。

そこで、まだ少し早い時間であるものの、ふたりはベッドに入っている。

「昔はよく、こうやって一緒に寝てたよね」

幼馴染としてともに育ったため、一緒に山を駆け回り、泥だらけになって遊んだこともあった。

疲れるまで走り回って、そのまま山の中で寝てしまうこともあったくらいだ。

他の子供達、それどころか大人でさえも、《職業》持ちの彼らにはついてこられなかったので、ふたりはなおさら一緒に居ることが多かった。

ユリアナはマルクにぎゅっと抱きつく。

「あの頃は同じくらいだったのに、今はマルクのほうがずっと大きいよね」

強く抱きしめ返すと、彼女の大きなおっぱいが押し付けられて柔らかく形を変える。成長しているのはマルクだけではなかったが、空気を読んだマルクは口にせずに黙っていた。

「んっ……こうやって抱きしめられてると安心する」

胸に顔を埋め、ユリアナが甘えてくる。身体は細いのに柔らかく、マルクを甘く刺激してくる。

男の性がむくむくと首をもたげてきて、マルクはこっそりと腰を引いた。

その反応に気づいたユリアナは、胸の中からマルクの顔を見上げる。

腰を引いて空いたスペースに手を差し入れると、ズボン越しに膨らんだ先端を撫でて、掴んだ。

「ここも、大きくなってるね」

いたずらっぽい笑みを浮かべて言ったユリアナに、マルクは襲いかかった。

彼女の身体を転がして下にし、その上に覆いかぶさる。

「きゃっ……もうっ」

小さく悲鳴を上げるユリアナだが、その顔は怒るどころか嬉しそうだ。

ズボン越しの肉竿も離さず、そのまま先端をくりくりと刺激する。

彼女はもう片方の手を下着の中に侵入させてきて、直接竿の根本を握った。

「ぐっ……」

声を漏らしたマルクに笑みを浮かべると、根本も扱き始める。

窮屈な下着の中で、マルクのものが弄ばれた。

マルクは彼女の服に手をかけ、まずは上半身をはだけさせる。その巨乳に手を伸ばすものの、触れるか触れないか、というところで、手をすべらせるように動かした。

「んっ……」

触られそうで触られないもどかしさに、ユリアナが声を上げる。

だが、マルクは結局胸には触れずに、帯を外して彼女の服を脱がせた。

そして水気が染み出して変色したことで、下着に浮かんだ線をなぞる。

「あんっ……！」

「まだどこにも触ってなかったのに、こんなに濡らしてたなんて……」

「んっ……マルクにぎゅって抱きついてたら、おなかの奥がきゅんってしてきて……」

恥ずかしそうに言ったユリアナは、お返しとばかりにマルクの下半身を脱がせ、その剛直を開放した。

「それにマルクだって、もうこんなふうになってるもんっ」

「うぁ……」

彼女は両手で掴んだ肉竿を勢いよく擦り上げる。乱暴にも思えるその手つきだが、マルクの感じるポイントを押さえているため、彼が漏らしたのは快感の声だった。

マルクは反撃として両手を使い、包皮の上からクリトリスを撫でつつ、指を膣内に侵入させた。

期待に口を開きかけていたそこに、マルクの指が忍び込んで襞をなぞり上げる。

「ひうっ！　あっ、あぁっ！」

クリトリスを軽く押す度に、ユリアナの膣内がきゅっきゅっと締まる。

肉竿を握られているということもあり、指を締め付ける襞の刺激が肉竿にまで届く気がした。

マルクは指を引き抜くと、ユリアナの太腿を掴んで、大きく広げる。

ユリアナは肉竿から手を離すと、軽くシーツを握った。

マルクはそのまま、大きく広げられた膣口に、その猛ったものをあてがう。

腰を押し出すと、既にほぐされていた蜜壺に、肉竿が飲み込まれていく。

「んうっ！　あっ、んんっ！」

すんなりと入る割に膣内は狭く、ぴったり肉竿を包み込んでくる。

それが本来の形であるかのように、マルクの肉竿はユリアナの膣内に収まっていた。

一番奥まで突き入れると、亀頭が子宮口に触れて膣内が収縮する。

ぴったりと密着した状態は、そのままでも充分気持ちよかった。

「んっ……マルク……」

だが、小さく名前を呼んで見上げてくるユリアナを見ると胸が熱くなり、その熱がマルクを突き動かした。

「んぁっ！　あっ……やぁっ……ふぅ、んっ！　あぁぁっ！」

肉竿を突き立てる度、彼女の声は高くなっていく。

引き抜くときには襞が擦れ、快感が身体を突き上げてくる。

ふたりの繋がった場所からは、いやらしい水音が響き、それが更に興奮を掻き立てた。

「あうっ！　あっあっ！　ダメ、イクッ！」

「俺もそろそろっ……」

マルクは激しく腰を振り、打ち付ける。肉竿は蜜壷をかき回し、互いを頂点まで昂ぶらせていく。

「マルクっ、中に、思いっきりきてっ！」

ユリアナの脚がマルクの腰に絡みついて、ぐっと引き寄せる。

「あぁっ！　イクッ、イッちゃうっ！　んあぁぁあぁあぁっ！」

ドピュッ！　ビュク、ビュルルルルッ！

彼女の一番奥に密着した状態で、マルクは射精した。

絶頂を迎えたユリアナの膣内がきつく収縮し、一滴も逃さないとばかりに精液を絞り上げていく。

「あふぅっ……マルクの濃いのが、いっぱいでてる……」

ユリアナがうっとりと呟き、絡めていた脚を解いた。快感の大きさに、すぐには肉竿を引き抜くことができず、マルクはしばらく繋がったまま、彼女を抱きしめているのだった。

†

「ほら、マルク、早く早く」

「そんなに焦らなくても、遺跡は逃げないよ」

ふたりは探索者として、とある遺跡を訪れていた。ふたりの能力を考えればさほど苦戦するようなところではなく、儲けもほとんどないような場所だ。

「だって、久しぶりなんだもん」

ユリアナは頬を膨らませてそう言うと、マルクの手を掴んでそのまま遺跡へと引っ張っていく。

幼いころの約束通り、探索者としてふたりきりで遺跡に潜るのだ。

マルクは掴まれていた手をずらし、彼女の手を握った。

ユリアナは素早く指を絡め、隣のマルクを見上げる。

「ずっと一緒だよ！」

笑みを浮かべる彼女は、幼いころと同じ言葉を口にする。

「ああ」

マルクは短く頷くと、彼女の額にそっとキスをした。

アフターストーリー　クールっぽいだけで基本ぽんこつ

村に帰って、自分の家である孤児院の手伝いをしているリュドミラ。

彼女は手が空いたときに探索者として遺跡に潜り、発掘品を得てお金に変えている。

資金に余裕ができて今は運営が問題ないとはいえ、お金だって無限なわけじゃない。貯められるときに貯めておくにこしたことはないの、と言う彼女は今日も発掘品を売りに都市に来ていた。

そしてそんな帰りに、彼女はいつもマルクの家に寄る。

「やあ、いらっしゃい」

まるで店主のように、マルクはリュドミラを出迎えた。

「今日はひとりなの？」

リビングまで来たリュドミラは、家を見渡してそう尋ねた。

「ああ。ちょっと他の村に人手が必要みたいでね。ユリアナも、明日の昼には帰ってくると思うよ」

マルクはそう答えると、続けて彼女に尋ねる。

「今日はもう夕方だし、泊まっていくだろ？」

「……ええ、そうね」

彼女の村まで半日程かかる。この時間なら、まだぎりぎり最終の馬車で帰ることもできるが、ここで少しゆっくりしていくと日も暮れ、帰るのは無理になる。モンスターや野獣など、夜は危険なので余程の用事があるわけでもなければ、街や村からは出ないのが基本だ。

「じゃあ晩飯でも食べに行こうか」

自分ひとりなら適当に作って済ませるところだが、わざわざこちらに出てきているのだ。せっかくなら都市にしかないような、変わったものを食べに行くほうがいいだろう。

そう思って、マルクは彼女を夕食に誘ったが、リュドミラは少し考えた後で小さく首を横に振る。

「私が作る」

「え？」

きょとんとしたマルクの顔を見て、リュドミラは頬を膨らませた。

「あのね、私だって料理くらいできるわよ。この格好を何だと思っているの？」

彼女は自分のメイド服を摘んで、マルクに問いかける。

「あ、ああ……」

彼女のメイド服で摘めるのは短いスカート部分のみで、マルクは曖昧にうなずきながら目をそらした。それを不安がっていると勘違いしたリュドミラは、彼を見返してやろうと気合を入れて料理に臨んだのだった。


食後、リビングでお茶を飲みながら、マルクとリュドミラは向かい合っていた。

リュドミラの作る料理は美味しく、しかも家庭的だった。

人形のような容姿の彼女が作るものとしては意外で、マルクは驚いた。

その驚きがそもそも心外らしく、リュドミラは少し拗ねている。

「そもそも、家で誰が料理してると思っているの？」

「院長？」

マルクは村で出会った、元気なおばあちゃんを思い浮かべながら答える。

「ああ……」

それを聞いたリュドミラは、何故か遠い目をした。

「誰にだって、向き不向きがあるのよ」

リュドミラは詳しく語らなかったが、マルクはなんとなく事情を察した。

「だいたい、マルクは私を誤解してない？」

そう聞かれると、マルクもすぐには否定できない。

彼女と過ごした時間は必ずしも長くはなかったし、そのほとんどが緊急事態だった。

日頃の彼女、となると、実はほとんど知らないのかもしれない。

「確かに、そうかも知れないな……」

頷いたマルクに、リュドミラは満足げな顔をした。

「普段は、家の手伝いをしてるんだろ？」

「ええ、そうね」

孤児院で子供たちの面倒を見ているリュドミラの話を聞く。

マルクはこれといって子供好きではなかったが、リュドミラから子供好きが伝わってくるおかげか、彼女の話に出てくる子達はかわいいと思える。

「それにね、私は男の子に人気なのよ」

何かを窺うように自慢したリュドミラに、マルクは素直に頷いた。

「ああ、男の子って銃とか好きだもんな。リュドミラかっこいいし」

自分が子供の頃を思い出しながら、マルクが言う。この世界でも、男の子は銃が好きだ。

遺跡からしか出てこないロストテクノロジー。喧嘩の強い相手にだって、遠くから勝ってしまえる必殺技。《**銃使い**》というレアな《**職業**》の特別感。銃を握ったことがないからわからないだけで、実は自分も本当は《**銃使い**》なのでは？　と、大体の男の子は妄想するものだ。

「なっ……」

だが、そんなマルクの反応にリュドミラは驚きの顔を浮かべる。

「い、いや……それは私じゃなくて、銃の人気でしょ？」

「そうかな？　銃を構えてるときのリュドミラはかっこいいと思うよ」

「ありがとう……」

褒められてはいるのだが、期待していたのとは違う反応に、リュドミラは複雑な顔をした。

彼女は改めてエピソードを掘り起こし、なんとか期待する反応が取り出せないか試みる。

「あとはそうね……スカートめくりをされてしまうこともよくあるの」

彼女の服は、短いスカートのメイド服だ。前部分がエプロンでひらひらが増しているため、普通のスカート以上に男の子の興味を誘うのだろう。

リュドミラはマルクの反応を窺い、ストレートに尋ねてみる。

「嫉妬した？」

「いや、子供のイタズラだしな。というか、ちゃんと叱ってるのか？」

「ええ、それはもちろん」

「うわっ」

もちろん、と頷いたときに発せられた殺気に、マルクは思わず身体をのけぞらせた。そして彼女のスカートをめくったという、見知らぬ男の子に同情するのだった。

結果として期待する反応を全く引き出せなかったリュドミラは、立ち上がって彼の目の前へと回り込む。実力行使に出ることにしたのだ。

「どうしたんだ？」

「マルクは私のスカートをめくりたいとは思わないの？」

「この流れでは全く思わないな！」

英雄などともてはやされている彼だが本人は小市民であり、そういう勇気は持ち合わせていない。

「そう……」

リュドミラはなぜか残念そうに呟くと、両手で自分のスカートの裾を摘んだ。

そして、ゆっくりとそれを上へ引っ張っていく。

短い彼女のスカートでそんなことをすれば、すぐに際どいところまで見えてしまう。

白く引き締まった太腿が見え、たくし上げられていくスカート。

ギリギリで止まり、からかわれていると思ってはいても、マルクは目を離せなかった。

そんな彼の目に飛び込んできたのは、彼女の秘部を包む黒い下着。それも一部がシースルーになっており、かなりギリギリのところまで彼女の白い足の付け根が見えてしまう。

こんな下着は完全にアウトだ。マルクの目は釘付けになり、引き寄せられるように前のめりになってしまう。

「そ、そんなにじろじろ見ないで」

自分からたくし上げておいて、リュドミラは顔を真っ赤にしてスカートを押さえた。

「あ、ああ……すまん」

気恥ずかしさで微妙な空気になり、マルクは部屋へと退散した。


部屋に逃げても、まだドキドキしていた。リュドミラの考えていることはよくわからなかったが、メイド服のスカートたくし上げと彼女が身につけていたセクシーな下着、そしてその後の恥ずかしがる仕草は、マルクの目を惹きつけるのに充分すぎた。

先程の光景を思い出していると、ドアがノックされる。

今、家にいるのはリュドミラだけだ。一度深呼吸して、ドアを開く。

「なんでひとりで部屋に戻ったの？」

「えっと……」

返事に窮した彼の脇を抜けて、リュドミラは素早く部屋に入り込む。こんなところだけ、イメージ通りの有能さを発揮していた。

そして、先程の行為の説明なのか、直接は繋がりのなさそうなことを話し始めた。

「家がちゃんとやっていけるようになったのは、マルクのおかげ。だから今日は、そのお礼も兼ねて、マルクを気持ちよくしようと思うの」

「えっ……」

そのまま足元にかがみ込んだリュドミラを見て、マルクが疑問の声を上げる。

彼女はマルクのズボンに手をかけて、素早く脱がせた。

「ズボンを脱がせるのは、慣れてる」

得意気にリュドミラはそう言って笑った。小さい子達の面倒を見ている彼女にとっては手慣れた動作だ。そこでようやく正気を取り戻したマルクが声を上げる。

リュドミラの家には、マルクも援助している。直接金銭的な面というよりも、英雄としての立場を使った、孤児院全体への援助や法の提案だ。

「いやっ、そういうことのために助けてるわけじゃ」

奉仕を断られたリュドミラは、マルクを見上げる。その顔は拗ねていた。

「分かった」

そう言って頷くと、彼女はマルクをベッドへと押し倒す。

「え？　なっ？　分かって、うわっ！」

リュドミラは素早く服を脱ぐと、マルクの上に跨る。

「マルクは鈍い」

見上げているマルクからは、月明かりに照らされたリュドミラの肢体がよく見える。

特に大きく膨らんだ胸が、妖しい魅力をたたえながら揺れて彼を誘う。

「さっきもそのまま部屋へ逃げてしまうし……」

彼女はマルクの上に跨ったまま、腰を前後に動かす。

腹筋の上に蜜が落ち、リュドミラの顔がだんだんと色を帯びてきているのが分かった。

「お礼も『兼ねて』って言ってるのに……」

リュドミラはそう言うと、一度腰を上げる。彼女の中心からはとろりと蜜が垂れている。

彼女はそのまま後ろへ下がり、下着を脱がせてマルクの肉竿を握った。混乱もあってまだ勃ちきっていないそこを、軽くこすり硬さを確かめる。

「……お礼は断られたから、私が勝手にする」

そしてそのまま腰を下ろしていき、陰裂に亀頭をこすりつける。

「んっ、ぁっ……」

リュドミラは甘い吐息を漏らしながら、マルクの肉竿で自分の秘部を刺激していく。

「ふっ、あっ……ガチガチになってきた」

「そんなふうにされたら、当然だろ……」

マルクはかすれた声を絞り出した。クールに見えるだけに、発情した様子のリュドミラは破壊力も大きい。

「本当なら、少しくらい焦らしていじわるをしたいけど……」

リュドミラの言葉に、マルクは耐えるような顔をした。

「私が我慢できないから、えいっ……んうっ！　あぁあっ！」

ズンッ！　と一気に腰が下ろされ、マルクの肉竿は膣内に飲み込まれた。

入り口がきつく締めてくるのに加えて、中の襞が蠢きながら肉竿に吸い付いて擦り上げてくる。

「あぅっ……はぁ、あっ！　私の中、ぐいぐい広げてくるっ……！」

マルクのおなかに両手をついて、リュドミラが腰を振っていく。もう耐えきれないということもあってか、最初からラストスパートのような激しさだ。

「んうっ！　あっあっ！　こうやって腰を動かすとっ！　マルクのおちんちんが中をぐりぐり広げてくるのぉっ！」

激しく叫んで乱れるリュドミラの姿に、マルクの高ぶりも最高潮に達する。

突き上げる勢いで彼女の髪が揺れ、繋がった場所からはどんどん愛液が溢れ出してくる。

マルクは彼女の腰を掴むと、めいっぱい肉竿を突き上げて打ち付けた。

「んうっ！　ああっ！　ダメ、イク、イックゥゥゥッ！」

リュドミラが大きく背中をのけ反らしながら絶頂した。

「ぐっ、出るっ……！」

それに合わせて、マルクも彼女の中に射精する。

「うぁっ！　しゅごっ！　中っ……出てるっ！　熱いの、びゅっびゅってぇっ！」

ガクガクと身体を揺らしながら精液を受け止めたリュドミラは、射精後の肉竿を引き抜くと、そのままマルクに倒れ込んできた。

彼女はマルクに抱きつくと、力を使い果たしたのか、目を閉じて眠ってしまった。

小さく寝息をたてるリュドミラを見て、マルクはそっとその髪を撫でる。

最初はクールな暗殺者だと思っていたが、結構抜けていて、子供っぽいところもある。

そんな一面は、より彼女を可愛く見せていた。

マルクは、彼女の顔にかかった髪を丁寧にどける。

寝顔だけは、やっぱり人形みたいに綺麗だった。

あとがき

初めまして、もしくは『魅了チート三巻』以来、お久しぶりです。大石ねがいと申します。この度は拙作をお手にとっていただき、ありがとうございます。

この作品は書き下ろしです。ＷＥＢ上で趣味として書いていた『魅了チート』とは違い、出版を意識した初めての作品でした。

ＷＥＢとは違う部分もあり戸惑うこと、ご迷惑をおかけすることもありましたが、いろんな方に支えていただき、こうして無事に出版させていただくことができました。

ちゃんと出すことができてほっと一息、という感じです。次についてはまだ何も決まっておりませんが、今回よりは早めに動き出したいな、と思っております。

もし新作を見かけることがありましたら、ぜひとも応援していただければ幸いです。


作品内容としましては、幼馴染とともに奴隷になっていた主人公が、流れの中でどんどん地位を向上させていく、というものになっています。

奴隷とはいいますが、可愛い幼馴染と一緒ですし、主人公の持つ特殊スキルの影響もあってサービスシーンも最初のほうから入っていますので、気軽に楽しんでいただけると嬉しいです。

本書最大の売りは、表紙を見ていただければお分かりの通り、もねてぃ様の素敵なイラストです。

本作は遺跡の中を冒険する都合上、動きやすさのためにスカートが短くなっています。そのためどのヒロインも素敵な脚線美を惜しげもなく晒しており、眩しい太腿に目を奪われてしまいます。

ヒロイン三人とも可愛く描かれており、どのヒロインも「もっと出番を増やすべきだった……」と物理的に不可能なことを考えてしまいました。

また、素敵なキャラデザを先にいただけたことは、執筆中とても励みになりました。

どのキャラも素敵だったのですが、特にヨランダの泣きぼくろが素晴らしいです！

元々泣きぼくろ好きというわけでもなかったのですが、もねてぃ様のイラストを見て考えが変わりました。本当にありがとうございます。


それでは謝辞に参りたいと思います。

この作品を一緒に作って下さった担当様、誠にありがとうございます。不慣れな部分も多く、いろいろと助けていただきました。

今回もイラストを担当して下さいました、もねてぃ様。拙作を素敵なイラストで彩ってくださり、ありがとうございます。

前作『魅了チート』を応援して下さった皆様、ありがとうございます。皆様の力で、こうしてまた本を出すことができました。

最後に、ここまで読んでくれた読者の方々。少しでも楽しんでいただけたのなら嬉しく思います。

紙面も尽きたようですので、ここまで。ありがとうございました！

二〇一七年一〇月　大石ねがい

KiNG novels

キングノベルス
奴隷《どれい》から始《はじ》まる成《な》り上《あ》がり英雄伝説《えいゆうでんせつ》
~女剣士《おんなけんし》とメイドとエルフで最強《さいきょう》ハーレム!~

2017年 12月 1日　初版第1刷 発行

■著　者　大石ねがい
■イラスト　もねてぃ

発行人:久保田裕
発行元:株式会社パラダイム
〒166-0011
東京都杉並区梅里2-40-19
ワールドビル202
TEL 03-5306-6921

印 刷 所:中央精版印刷株式会社

KN045

KiNG novels
異世界で魅了チートを使って奴隷ハーレムつくってみた
来て来て！こんな世界もあるんだよ！
大石ねがい
illust:もねてぃ
騎士団の女たちを従え、覇道を歩み始めるリュウ。次々と魅了の力で従えて、美女のすべて手に入れていく。目指すのは……世界平和！なのだけど。